아름다운
중국문학 2

아름다운 중국문학 2

권용호 편저

역락

책머리에

작년 2월 ≪아름다운 중국문학≫이 나오고 이번에 ≪아름다운 중국문학2≫를 출간하게 되었다. 사실 ≪아름다운 중국문학 2≫의 출간은 생각도 못하고 있었다. 그런데 중국문학작품을 읽으면서 너무나 좋은 작품들을 계속 만났다. 작품을 읽는 동안 중국 문학가들의 고심 어린 생각을 느낄 수 있어서 너무 행복했다. 그러던 중 좋은 작품을 골라 또 다시 독자들에게 소개하고 싶은 욕심이 생겨났다. 이번에는 읽었던 작품 중에 시대와 장르를 고려하여 22편의 작품을 뽑고 해설을 곁들여 한 권의 책으로 만들었다. 수록한 작품들의 특징을 정리하면 다음과 같다.

첫째, 전국(戰國) 시기 송옥(宋玉)의 ≪고당부(高唐賦)≫와 ≪신녀부(神女賦)≫를 함께 수록했다. 원래는 한 편만 수록하려고 했으나 이 두 편은 문학사에서 "자매편"으로 불리기 때문에 함께 감상하는 것이 좋겠다고 판단하여 함께 수록하였다. 이 두 편은 ≪아름다운 중국문학≫에 수록된 조비(曹丕)의 ≪낙신부(洛神賦)≫와 함께 읽으면 더욱 좋을 것이다.

둘째, 중국 고전소설 작품을 세 편 수록하였다. 중국 고전소설은 위진남북조의 지괴(志怪)소설 → 당대의 전기(傳奇)소설 → 명·청대의 백화(白話)소설로 발전하는데 이 흐름을 작품들과 함께 살펴볼 수 있도록 하였다. 다만 백화소설은 너무 길어 일부분만 수록하였다.

셋째, 장편의 시를 세 편 수록하였다. 중국문학의 백미는 장편의 시를 읽는 것이다. 작가들이 장편의 시를 지으면서 운율을 맞추고 사상성을 유지하는 것을 보면 그 문학적 재능에 절로 감탄이 나온다. 본서에서는 널리 애송되는 장편 시 세 수를 수록하여 장편 시의 진수를 느낄 수 있도록 하였다.

넷째, 산문 작품을 다섯 편 수록하였다. 중국 문학을 대표하는 장르인 산문 역시 무수한 명작들을 탄생시켰다. ≪아름다운 중국문학≫에서는 산문 작품이 거의 없어 이번에 산문 작품의 비중을 높여 수록하였다. 이곳에서는 장자(莊子)·제갈량(諸葛亮)·소식(蘇軾)의 작품뿐만 아니라 원대 산문 작가 이효광(李孝光)의 작품과 현대 문학가 주자청(朱自淸)의 작품을 감상할 수 있다. 특히 원대 산문 작가 이효광의 작품은 원대에서도 뛰어난 산문 작품이 있음을 보여줄 것이다.

이밖에 두보(杜甫)·이상은(李商隱)·이청조(李淸照) 같은 대작가들의 작품과 우리에게 다소 낯선 이욱(李煜)의 부친인 이경(李璟)과 망국의 경험을 문학적으로 승화시킨 문천상(文天祥)·원호문(元好問)·오위업(吳偉業)의 주옥같은 작품들도 만나볼 수 있다. 이중 이경의 작품은 ≪아름다운 중국문학≫의 이욱의 사와 함께 보는 것도 작품의 더 명확한 이해를 위해 괜찮을 것이다.

본서에서 소개하는 작품들은 중국문학 전체로 봤을 때 극히 일부분에 지나지 않는다. 그렇지만 독자들은 이곳에서 다양한 작가와 장르의 중국 문학작품들을 감상할 수 있을 것이다. 이 책은 독자들을 중국 문학의 광활한 천지로 안내할 것이고, 독자들은 이 천지에서 중국 문학의 뛰어난 사상성과 예술성을 엿볼 수 있을 것이다.

아름다운 중국 문학을 독자에게 소개한다고 책을 이렇게 꾸몄지만 작품 속에 많은 오류가 있지 않을까 걱정이 된다. 이것은 전적으로 필자의 천학비재(淺學菲才)함 때문일 것이다. 독자 여러분들의 거리낌 없는 지적을 바란다. 아울러 ≪아름다운 중국문학≫에 이어 ≪아름다운 중국문학 2≫의 출간을 결정해 주신 역락출판사의 이대현 사장님과 이 책을 보기 좋게 꾸며주신 편집부에 진심으로 감사를 표한다.

_우현동에서 편저자 올림

차례Contents

7

마음으로 대할 뿐 눈으로 보지 않습죠

以神遇而不以目視

[戰國] 장자(莊子)

요리사 정씨(丁氏)가 문혜군(文惠君)의 부름을 받아 소를 해체했다. 손이 닿는 곳, 어깨를 기대는 곳, 발로 밟는 곳, 무릎으로 누르는 곳은 쓱하며 (살뼈가 나뉘는) 소리가 났다. 칼을 넣을 때마다 쓱하는 소리는 리듬감이 있었다. 그 소리는 (탕 임금의 음악인) ≪상림(桑林)≫의 춤에 맞았고, (요 임금의 음악인) ≪경수(經首)≫의 운율에도 맞았다.

문혜군이 말했다.

"아, 정말 대단하시오! 솜씨가 어찌 이런 경지까지 이를 수 있는 것이오?"

요리사 정씨가 칼을 내려놓으며 대답했다.

"저는 소를 잡을 때 느낌(道)을 중시하옵죠. 무작정 잡는 정도는 지났습죠. 신이 소를 처음 잡을 무렵에는 통째로 보였습죠. 3년이 지나서는 통째로 보이지 않았습죠. 지금 신은 마음으로 대할 뿐 눈으로 보지 않습죠. 또 눈·귀 같은 감각기관들을 멈추고 마음으로 보려합죠. 소의 고유한 결을 따라, 근육과 뼈 사이를 가르고, 골절 사이의 구멍에 칼을 넣습죠. 이 모두 소의 타고난 구조를 따릅죠. 경락과 뼈에 붙은 살하며 힘줄이 있는 곳도 조금의 장애 없이 처리합죠. 물론 큰 뼈는 더더욱 쉽습죠! 좋은 백정은 1년에

13

한번 칼을 바꿔 자릅죠 평범한 백정은 한 달에 한 번 칼을 바꾸어 자릅죠 지금 신의 칼은 19년이나 되습죠 잡은 소만 수 천 두나 됩죠 그래도 칼날은 숫돌에 막 간 것처럼 예리합죠 소의 골절은 틈이 있고, 칼날은 두께가 없을 만큼 얇습죠 아주 얇은 날이 틈이 있는 곳에 들어가니 칼날을 움직이는데 충분한 여지가 생기는 것입죠 때문에 19년 동안 한 가지 칼만 썼어도 숫돌에 방금 간 것처럼 예리합죠 그러하나 (근육과 뼈가) 얽혀있는 곳은 처리하기가 여간 까다로운 것이 아닙죠 때문에 아주 신중하고 조심스러워집죠 이럴 땐 시선을 한 곳에 집중하고, 손과 발을 천천히 움직입죠 칼을 아주 살짝 움직이면, 흙이 땅에 떨어지듯 후두둑하며 바로 해체됩죠 소는 자신이 죽고 있다는 사실을 모른 채 말입죠 (작업이 끝나면) 칼을 들고 서서 사방을 한 바퀴 빙 둘러보며 의기양양해합죠 그리고는 칼을 닦아 보관해둡죠."

문혜군이 말했다.

"대단하다! 나는 요리사 정씨의 말을 듣고 마음을 기르는 법을 알았도다."

❖ ≪장자(莊子)·양생주(養生主)≫

庖丁爲文惠君解牛, 手之所觸, 肩之所倚, 足之所履, 膝之所踦, 砉然嚮然, 奏刀騞然, 莫不中音; 合於桑林之舞, 乃中經首之會. 文惠君曰: "譆, 善哉! 技蓋至此乎?" 庖丁釋刀對曰: "臣之所好者道也, 進乎技矣. 始臣之解牛之時, 所見無非全牛者. 三年之後, 未嘗見全牛也. 方今之時, 臣以神遇而不以目視, 官知止而神欲行. 依乎天理, 批大郤, 導大窾, 因其固然, 技經肯綮之未嘗微礙, 而況大軱乎! 良庖歲更刀, 割也; 族庖月更刀, 折也. 今臣之刀十九年矣, 所解數千牛矣, 而刀刃若新發於硎. 彼節者有間, 而刀刃者無厚; 以無厚入有間, 恢恢乎其於遊刃必有餘地矣. 是以十九年而刀刃若新發於硎. 雖然, 每至於族, 吾見其難爲, 怵然爲戒, 視爲止, 行爲遲. 動刀甚微, 謋然已解, 牛不如其死也, 如土委地. 提刀而立, 爲之四顧, 爲之躊躇滿志, 善刀而藏之." 文惠君曰: "善哉! 吾聞庖丁之言, 得養生焉."

《장자(莊子)·양생주(養生主)》에 나오는 "포정(庖丁)이 소를 해체하다(庖丁解牛)"라는 이야기다. 포정이 소를 해체하는 과정을 통해 마음을 기르는 이치를 설명하고 있다. 본편은 중국문학과 철학뿐만 아니라 중국인의 사유방식에 큰 영향을 끼쳤을 정도로 심오한 내용을 담고 있다.

❀ 장자(莊子)는 누구인가

장자는 성이 장(莊), 이름은 주(周), 자는 자휴(子休)이다. 전국(戰國) 시기 송(宋)나라 몽현(蒙縣; 지금의 河南省 商丘 일대) 사람으로, 대략 기원전 368년에서 기원전 286년 사이에 활동했다. 장자가 활동한 시기는 맹자(孟子)와 동시대이거나 약간 후대이다.

장자는 어려서 서당에서 공부했고, 20살이 넘어서는 열국(列國)을 주유했다. 30살이 넘어서 몽읍(蒙邑)의 하급 관리인 칠원리(漆園吏)를 지내기도 했다. 몇 년 후 사직하고 고향인 몽현으로 돌아와 강의와 저술활동에 몰두했다. 초(楚)나라의 위왕(威王)이 장자의 재주와 학식이 뛰어나다는 말을 듣고 천금(千金)을 꺼내 그를 재상으로 초빙하자, 이렇게 말했다.

장자(莊子)의 모습

이름은 주(周), 자는 자휴(子休)이고, 송나라 몽현(蒙縣) 사람이다. 예교에 얽매이지 않고 자유를 숭상하여 초나라 위왕(威王)의 부름에 응하지 않았다. 노자(老子)와 더불어 도가사상을 대표하는 인물로 대표작 《장자》는 우언을 바탕으로 심오한 이치를 풀어내고 있다. 당 현종(玄宗) 때 장주를 남화진인(南華眞人)으로 추봉하고, 《장자》를 《남화진경(南華眞經)》으로 불렀다.

> 어서 돌아가시오, 날 더럽히지 마시오. 내 차라리 이 더러운 하수구에서 장난치며 노닐며 즐거워할지언정, 임금에게 얽매이는 짓은 하지 않을 것이오. 죽을 때까지 출사하지 않고, 내 뜻을 즐길 것이오(子亟去. 無汚我. 我寧游戲汚瀆之中自快. 無爲有國者所羈, 終身不仕, 以快吾志焉).(《사기(史記)·장주열전(莊周列傳)》)

현전하는 가장 이른 ≪장자≫ 주석본인
곽상주본(郭象注本)의 모습

이처럼 장자는 세상의 명리를 뒤로 했기 때문에 일생을 가난하게 지냈다. 한때 감하후(監河侯)에게 양식을 꾸다가 조롱당하기도 했고, 짚신을 엮어서 생계를 도모하기도 했다. 또 ≪장자≫ 외편(外篇)과 잡편(雜篇)을 보면, 부인이 죽었을 때 부인의 시신 앞에서 질그릇을 두드리며 노래를 불렀다든가, 자신의 임종을 맞아 제자들에게 "내 시체는 산에 버려라."라고 한 이야기들이 전한다.

사마천(司馬遷)의 ≪사기(史記)≫는 장자는 평생 동안 "10여만 자의 글(十餘萬言)"을 지었다고 기록하고 있는데, 이 책이 바로 ≪장자≫이다.

❁ ≪장자≫의 전승과정

≪장자≫는 ≪노자(老子)≫・≪열자(列子)≫와 더불어 도가(道家)를 대표하는 책이자, 중국 문학과 철학에 지대한 영향을 끼친 책이다. 한나라 때는 ≪한서(漢書)・예문지(藝文志)≫에 ≪장자≫가 "장자 52편(莊子五十二篇)"이었다고 기록하고 있는 것 외에는 다른 주해서가 보이지 않는다. ≪장자≫의 주해서가 등장하기 시작한 것은 현학(玄學)이 성행했던 위진(魏晉) 시기였다. 당나라 사람 육덕명(陸德明)의 ≪경전석문(經典釋文)・서록(序錄)≫에는 당시 ≪장자≫의 주해서로 다음과 같이 나열하고 있다.

최환주(崔譔注) 10권 27편, 향수주(向秀注) 20권 26편, 사마표주(司馬彪注) 21권 52편, 곽상주(郭象注) 33편 33편, 이이집해(李頤集解) 30권 30편, 맹씨주(孟氏注) 18권 52편, 왕숙지의소(王叔之義疏), 3권.

이상에서 언급된 사람들은 모두 진(晉)나라 사람들이다. 이중 사마표(司馬彪)와 맹씨(孟氏)의 주해서가 ≪한서·예문지≫의 편수와 일치한다. 편수가 적은 나머지 주해서들은 각자의 관점에 따라 편수를 취사선택한 것으로 보인다. 이중 다른 주해서들은 모두 실전되고 "곽상주 33편"만 현전한다. 지금 우리가 보는 ≪장자≫가 바로 이 책이다. 곽상이 주석을 단 33편은 내편(內篇) 7편, 외편(外篇) 15편, 잡편(雜篇) 11편으로 이루어져 있다. 학자마다 의견의 차이는 있지만 대체로 내편은 장자 자신이 쓴 저작이고, 외편은 장자와 그의 제자들이 함께 쓴 것이며, 잡편은 장자학파나 후대의 학자들이 쓴 것으로 추정하고 있다. 당나라 때에는 20여 종의 ≪장자≫에 관한 저술이 있었다고 기록되어 있으나 육덕명의 ≪경전석문≫에 수록되어 있는 ≪장자음의(莊子音義)≫와 성현영(成玄英)이 "곽상주 33편"에 소(疏)를 더한 ≪장자주소(莊子注疏)≫만 전해온다. 성현영의 ≪장자주소≫는 곽상의 주석을 쉽게 풀이하고 있으나 불교이론을 가미했다는 것이 특징이다. 송나라 때에는 정주학(程朱學)이 유행했으나 그 이론적 근거를 마련하기 위해 ≪노자≫와 ≪장자≫를 연구한 주해서가 많이 나왔다. 이중 북송 사람 여혜경(呂惠卿)의 ≪장자의(莊子義)≫, 남송 사람 임희일(林希逸)의 ≪장자권재구의(莊子鬳齋口義)≫는 설명이 간단명료하고, 저백수(褚伯秀)의 ≪남화진경의해찬미(南華眞經義海纂微)≫는 송대 여러 학자들의 주석을 싣고 있어 참고가치가 높다. 명나라 때에는 유학에 대한 반발로 새로운 사조가 일면서 ≪노자≫와 ≪장자≫가 널리 읽혀졌다. 이중 초횡(焦竑)의 ≪장자익(莊子翼)≫과 방이지(方以智)의 ≪흥지포장(興地炮莊)≫이 많이 읽혀졌다. 청나라 때는 고증학(考證學)의 영향으로 교감과 문장의 해석에 치중한 임운명(林雲銘)의 ≪장자인(莊子因)≫·선영(宣穎)의 ≪남화진경해(南華眞經解)≫·곽경번(郭慶藩)의 ≪장자집석(莊子集釋)≫과 같은 ≪장자≫ 주해서들이 나왔다. 현대에 와서는 전대 학자들의 연구를 토대로 고증과 훈고로 새롭게 해석한 저작과 철학과 문학사적 의의를 다룬 저작들이 많이 나왔다. 대표적인 주해서로는 마슈룬(馬敍倫)의 ≪장자의증(莊子義證)≫·왕슈민(王叔岷)의 ≪장자교석(莊子校釋)≫·치엔무(錢穆)의 ≪장자찬전(莊子纂箋)≫·천구잉(陳鼓應)의 ≪장자금주금역(莊子今注今譯)≫ 등이 있다.

✿ "사격은 몸이 아닌 마음으로 쏘는 것"

"포정이 소를 해체하다"는 ≪장자·양생주(養生主)≫편에 보인다. "양생주"란 생명의 주인인 마음을 기른다는 의미이다. 본편은 제목대로 육체의 수양보다 정신의 수양을 더 중시하고, 이를 기르는 방법을 설명한다. 장자는 본편에서 마음을 기르는 방법으로 두 가지를 제시했다. 첫째, 사물은 육체적으로 대하는 것이 아닌 마음으로 대해야 한다. 문장에서는 "눈·귀 같은 감각 기관들을 멈추고 마음으로 보려합죠(官知止而神欲行)."라고 했다. 사실 우리는 감각기관으로 보고 느낀 것들을 사실 내지 진실이라고 받아들인다. 그러나 장자는 그것은 겉모습일 뿐 진실한 모습은 아니라고 한다. 장자는 오로지 마음으로 대해야만 진실한 모습을 볼 수 있다고 말한다. 어느 신문의 2014년 인천 아시안게임의 기사가 생각난다. 고도의 집중력을 요하는 사격경기. 고등학교 2학년인 김청용은 남자 10m 공기권총에서 금메달을 땄다. 올림픽에서 3개의 금메달을 딴 백전노장 진종오는 김청용에게 "사격은 몸이 아닌 마음으로 쏘는 것"이라고 조언해주었다고 한다. 이를 보면서 소를 마음으로 대하는 포정의 마음과 사격을 마음으로 대하라는 진종오의 조언이 일맥상통한다는 생각이 들었다. 둘째, 자연의 도를 따라야 한다. 자연의 도란 자연 내지 하늘이 사람에게 부여한 고유한 모습 내지 성정(性情)을 말한다. 문장에서는 "자연 그대로의 결을 따른다(依乎天理)"·"소의 고유한 구조를 따른다(因其固然)"라고 했다. 소를 해체하면서 강제로 혹은 억지로 해체한다면 힘은 힘대로 들고 소는 제대로 해체되지 않을 것이다. 그러나 소의 결을 따라 해체한다면 큰 힘을 들이지 않고 쉽게 해체할 수 있다. 마음을 기르는 것도 마찬가지일 것이다. 장자는 사람이 주어진 천성대로 살면 될 뿐 어떤 인위적인 행위를 하지 말 것을 주장했다. 이렇게 한다면 어떤 것에도 속박을 받지 않고 진정한 자유를 누릴 수 있다. 이것이 장자가 말하는 "양생(養生)", 즉 마음을 기르는 방법이다.

✿ 세밀하고 생동적인 문장

이 문장은 사상성뿐만 아니라 문학성도 아주 뛰어나다. 그중 소를 해체하는 과정의 묘사가 단연 압권이다. 아래의 문장을 보자.

> 손이 닿는 곳, 어깨를 기대는 곳, 발로 밟는 곳, (한쪽) 무릎으로 누르는 곳은 쓱하며 (살과 뼈가 나뉘는) 소리가 났다. 칼을 넣을 때마다 쓱하는 소리는 리듬감이 있었다.

실제 소를 해체하는 현장에 있는 듯한 느낌을 줄 정도로 묘사가 세밀하고 생동적이다. 원문의 "획연(砉然)"과 "획연(騞然)"은 모두 뼈를 바를 때 나는 소리인데, 이 두 단어의 차이는 후자가 전자보다 뼈를 바를 때 나는 소리가 더 크다는 것이다. 그래서인지 이 글자들을 보면 마치 소의 뼈를 바르는 소리가 귓가에 들려오는 듯하다. 또 예를 하나 더 들어보자.

> (근육과 뼈가) 얽혀있는 곳은 처리하기가 여간 까다로운 것이 아닙죠. 때문에 아주 신중하고 조심스러워집죠. (이럴 땐) 시선을 한 곳에 집중하고, 손과 발을 천

천히 움직입죠. 칼을 아주 살짝 움직이면, 흙이 땅에 떨어지듯 후두둑하며 바로 해체됩죠. 소는 자신이 죽고 있다는 사실을 모른 채 말입죠.

소를 해체하는 과정에서 고도로 집중하는 포정(庖丁)의 신중하고 조심스런 모습이 독자들에게 생생하게 묘사되고 있다. 원문의 획연(謋然) 역시 뼈와 살이 분리되는 소리를 형용하는 말이다. ≪장자≫는 이처럼 소리를 형용하는 말을 사용하여 문장을 더욱 생동적으로 만들고 있다.

✿ 노신(魯迅 ; 1881~1936)의 평가

사실 전국(戰國) 시기에 ≪장자≫와 같은 사상성과 문학성이 뛰어난 저작이 출현했다는 것은 상당히 놀라운 일이다. 중국 현대문학의 대문호 노신이 ≪장자≫의 문장을 이렇게 평한 것도 전혀 이상할 것이 없다.

그의 문장은 웅장하고 변화가 풍부하며, 온갖 다양한 모습을 보여준다. 주나라 말기 제자들의 저작 중에서 이보다 뛰어날 수 있는 것은 없다(其文則汪洋辟闔, 儀態萬方, 晚周諸子之作, 莫能先也).(≪한문학사강요(漢文學史綱要)≫)

또 후대의 도연명(陶淵明)·이백(李白)·소식(蘇軾)·조설근(曹雪芹)·문일다(聞一多) 같은 중국문학을 대표하는 작가들도 ≪장자≫의 영향을 크게 받았다. 특히 이백의 경우 ≪장자≫의 문장을 인용하여 70여 수의 시를 지었고, 소식은 그의 ≪소동파시집(蘇東坡詩集)≫에 ≪장자≫의 문장을 인용한 것이 3600여 곳이나 된다.

20

아침에 떠다니는 운기가 되고

旦爲朝雲 **02**

[戰國] 송옥(宋玉)

　　옛날에 초나라의 양왕(襄王)과 송옥(宋玉)이 운몽대(雲夢臺)에서 노닐면서, 고당관(高唐觀)을 바라보았다. 위에 운기만 서린 것이 험준한 산이 위로 곧게 뻗은 것 같았다. 갑자기 모습을 바꾸더니, 순식간에 무궁한 변화를 일으켰다. 임금이 송옥에게 물었다.

　　"이것은 무슨 운기인가?"

　　송옥이 대답했다.

　　"아침의 운기(朝雲)라는 것입니다."

　　임금이 말했다.

　　"아침의 운기란 무엇이오?"

　　송옥이 말했다.

　　"옛날 선왕께서 고당에서 노니신 적이 있습니다. 당시 피곤하셔서 낮에 잠이 드셨습니다. 꿈에 한 여인이 이렇게 말하는 꿈을 꾸셨습니다. '첩은

　　【송옥(宋玉)】 전국 시기 초나라의 문인. 전국 시기 언(鄢) 사람임. 굴원의 후학으로, 초 경양왕(頃襄王)을 섬김. 그의 작품은 표현이 세밀하고 서정성이 뛰어나며, 초사(楚辭)와 한부(漢賦)를 잇는 교량역할을 했다는 평가를 받음. ≪한서(漢書)·예문지(藝文志)≫에 부(賦) 16편이 기록되어 있음. 대표작으로는 ≪구변(九辨)≫·≪고당부(高唐賦)≫·≪신녀부(神女賦)≫·≪풍부(風賦)≫ 등이 있음.

무산(巫山)의 딸로, 고당의 손님이옵니다. 폐하께서 고당에 놀러 오셨다고 들었습니다. 폐하의 베개와 자리를 깔아드리고 싶사옵니다.' 그래서 선왕께서는 그녀와 사랑을 나누셨습니다. 그녀는 떠나면서 이렇게 말했습니다. '첩은 무산의 남쪽이자 고구산(高丘山)의 외진 곳에 있나이다. 아침에는 떠다니는 운기가 되고, 저녁에는 비가 되어 내립니다. 아침이든 저녁이든 양대(陽臺) 아래에 있나이다.' 다음날 아침에 가서 보니, 그녀가 말한 그대로였습니다. 그래서 사당을 세우고 아침에 떠다니는 운기의 의미로 조운(朝雲)이라 이름 했습니다."

임금이 말했다.

"아침의 운기가 막 나올 때는 모습이 어떠하오?"

송옥이 대답했다.

"막 나올 때는 우뚝 솟은 소나무처럼 무성합니다. 조금 있으면, 아름다운 여인처럼 화사합니다. 긴 소매 들어 해를 가리고, 그리워하는 사람을 바라봅니다. 그러다 갑자기 모습을 바꾸는데, (이때는) 네 마리 말이 끄는 수레를 몰고 내달리는 듯하고, 수레에 깃발을 세워 펄럭이게 하는 듯합니다. 또 바람처럼 시원하기도 하고, 비처럼 애처롭기도 합니다. 바람이 멈추고 비가 그치면, 운기는 흔적 없이 사라져 버립니다."

임금이 말했다.

"과인이 지금 거기에서 노닐 수 있겠소?"

송옥이 말했다.

"물론입니다."

임금이 말했다.

"그곳은 어떠한가?"

송옥이 말했다.

"높고 또렷합니다. 올라가시면 먼 곳을 볼 수 있습니다. 넓고 끝이 없어, 만물의 원류가 됩니다. 위로는 하늘과 닿아있고, 아래로는 깊은 연못을 볼 수 있습니다. 진귀하고 기이한 것들은 말로 다 설명할 수 없습니다."

임금이 말했다.

"과인에게 한번 설명해보시게."

송옥이 말했다.

"예, 폐하. 고당의 모습은 높고 커서, 세상에 이에 비견될 수 있는 것은 아무것도 없습니다. 무산은 비길 것이 없을 정도로 찬란하고, 길은 구불구불하게 교차하고 겹쳐져 있습니다. 가파르고 험산 산에 올라 아래를 바라보면, 언덕 아래에 물이 고인 연못을 볼 수 있습니다. 하늘에서 비가 그치고 날이 개이면, 모든 산골짜기의 물이 한 곳에 모이는 것이 보입니다. 세찬 큰 물소리만 날뿐 다른 소리는 들리지 않으며, 물이 합쳐져 고요하게 함께 골짜기로 흘러들어갑니다. 큰물이 세차게 솟구치며 사방으로 물보라를 뿌리고, 물은 끊임없이 모여들어 깊어집니다. 세찬 바람이 오면 파도가 이는데, 마치 산에 붙어있는 밭두둑 같습니다. 파도는 가파른 언덕 가까이 몰려와 서로 부딪치고, 좁은 틈새로 들어갔다가 나오면서 밀려오는 물과 합쳐집니다. 파도는 모였다가 부딪치며 그 가운데는 아주 큰 파도가 이는데, 바다 위에 떠서 갈석산(碣石山)을 바라보는 것 같습니다. 무수한 자갈들은 서로를 비비며, 자르르하며 천지를 울리는 거대한 소리를 냅니다. 거대한 돌이 물에 가라앉았다 드러나면서, 눈 같이 하얀 거대한 거품이 높이 일어납니다. 물은 출렁거리며 굽이굽이 돌고, 큰 파도는 넘실대며 저 멀리 흘러갑니다. 세차게 솟구쳐 올라 드날리며 서로 부딪치는데, 구름이 일어나듯 철썩철썩 소리를 냅니다. 맹수들은 놀라 어지러이 달아나고, 마음대로 뛰며 멀리 달아납니다. 호랑이 · 표범 · 승냥이 · 무소들은 기운을 잃고 두려워 어찌할 바를 모릅니다. 수리·물수리·매·새매는 날다가 몸을 웅크리고 숨어버립니다. 두 다리를 벌벌 떨며 숨을 쉬지 않으려하니, 어찌 감히 마음대로 그 사나움을 드러내겠습니까? 이에 수중 곤충들 모두 몸을 말리려고, 모래톱의 북쪽 물가를 오릅니다. 자라·악어·두렁허리·다랑어가 이리저리 떼 지어 있고, 비늘을 펴고 지느러미를 흔들며, 물속에서 이리저리 유영합니다. 산허리에서 멀리 바라보면, 산림 그윽한 곳의 수목들은 겨울에도 무성합니다. 수목이 너무나 선명하게 빛나, 사람의 눈을 부시게 합니다. 뭇별들처럼 찬란하여, 이루 다 형용할 수 없습니다. 개암나무 숲은 무성하고, 만발한 꽃들이 뒤덮고 있습니다. 의나무에는 과실이 쌍쌍이 드리우고, 구불구불한 나뭇가지들은 아래로 서로 엉겨져 있습니다. 바람 불어 나뭇가지가 흔들리면 잔물결 일고, 물결 따라 출렁입니다. 나뭇가지는 사방으로 뻗어, 새의 날개처럼 촘촘하고 부드럽습니다. 푸른 잎과 보랏빛 꽃 턱잎, 붉은 꽃대와 흰 꼭지는 너무 아름답습니다. 가는 나무 가지는 애처롭게 우는데, 피리와 퉁소가 부는 소리 같습니다. 맑은 소리와 탁한 소리가 서로 조화를 이루고, 오음의 변화가 사방의 소리와 어울립니다. 사람의 마음을 감동시키고 귀를 움직이며, 애간장을 태우고 기운을 상하게 합니다. 외로운 사람과 과부들은 마음이 차가워지며 코가 시큰해집니다. 장관은 관직을 잃고, 어진 선비는 뜻을 잃습니다. 끝없이 근심하고 그리워하게 만들고, 감탄하고 탄식하며 눈물을 흘리게 만듭니다. 높은 곳에 올라가 먼 곳을 바라보면, 사람의 마음을 비통하게 만듭니다. 깎아지는 듯한 구불구불한 절벽과 높고 험준한 산은, 가지런히 이어지며 우뚝 솟아있습니다. 험하고 거대한 산석은, 울퉁불퉁하면서 가울어져 절벽 아래로 곧 떨어질 것 같습니다. 길은 구불구불 돌은 울퉁불퉁, 마구 얽혀 서로를 쫓는 듯합니다. 산기슭에는 돌이 비스듬히 길을 막기도 하고, 동굴을 등지고 높아 솟아있기도 합니다. 무산은 이렇게 산들이 겹겹이 얽히고 더해져 있으며, 돌들이 층층이 쌓여져 있어 더욱 높아 보입니다. 그 깎아지른 듯한 절벽은 지주산(砥柱山)처럼, 무산 아래에 우뚝 서 있습니다. 산꼭대기를 우러러 보면, 감탄해마지 않을 정도로 푸르고, 무지개가 눈부시게 빛납니다. 산골짜기를 보면 깊고 어두우며, 공허하고 적막하여, 그 바닥을 볼 수 없고, 소나무 소리만 드물게 들립니다. 가파른 절벽에서 계곡 안의 세찬 물을 마주하고, 서 있노라면 곰이 나무에 매달려 있는 것 같습니다. 가지 않고 오랫동안 서 있으면, 온 발에 땀이 줄줄 흐릅니다. 사람은 정신이 풀어지며 멍해지고, 당황하며 어찌해야 할 바를 모릅니다. 사람의 마음을 놀라게 하여, 이유 없이 두려움에 빠지게 합니다. 맹분(孟賁)이나 하육(夏育) 같은 용맹한 사람이라도, 두려워하지 않을 수 없습니다. 갑자기 괴이한 것을 만나도, 어디에서 나왔는지 알지 못합니다. 각종 형형색색의 기이한 것들이 있는데, 귀신에서 나온 것도 있고, 신선에서 나온 것도 있습니다. 모습은 걸어 다니는 맹수 같은 것도 있고, 하늘을 나는 맹금 같은 것도 있습니다. 이런 기이하고 괴상한 것들은 따져가며 설명할 수 없습니다. 사당에 올라가면, 땅은 아주 평탄합니다. 거기에는 (곡식을 키질하는) 키의 뒤꿈치(後跟)처럼 앞이 넓고 뒤가 좁게 쭉 이어진 곳이 있는데, 향초들이 줄지어 자랍니다. 추란(秋蘭)·백지(白芷)·혜초(蕙草)에, 강리(江離) 등과 같은 많은 향초들이 피어 있습니다. 푸르른 붓꽃(荃)과 야간(射干)에, 게거(揭車)가 무리지어 자랍니다. 향초들은 서로 기대며, 울창하고 아름답게 죽 이어져 있습니다. 향긋한 향기는 멀리까지 전해지고, 뭇 새들은 짹짹 재잘거립니다. 암컷과 수컷은 서로 짝을 잃어, 서로를 찾느라 애처롭게 웁니다. 물수리와 꾀꼬리, 화미조(畵眉鳥)와 두견새에, 자규(子規)와 사부(思婦), 그리고 금계(金鷄)는 높은 곳에 둥지를 틀고, 찍찍거리며 지저귑니다. 새들은 장난치며 즐겁게 날고, 서로 돌아가며 지저귀는데, 노래를 부르고 화답하는 것 같

25

습니다. 신선이 되고자 한 방사(方士)로는 선문(羨門)·고계(高溪), 상성(上成)·욱림(郁林)·공락(公樂)·취곡(聚谷)이 있었습니다. 이들은 털빛이 고른 희생(犧牲)을 올리고, 아름다운 옥으로 장식된 궁전에서 기원했습니다. 또 여러 신들에게 제사를 올렸고, 하늘의 신 태일(太一)에게 복을 빌었습니다. 기원을 비는 말과 제사가 끝나면, 선왕께서는 옥으로 장식된 수레를 타시고, 뿔이 없는 네 마리의 청룡을 부리시며, 테두리에 장식이 드리운 기와, 위 아래로 드리운 장식이 서로 어울리며 바람에 펄럭입니다. 사람들이 거문고의 현을 뜯으니 고상한 소리가 흐르고, 차가운 바람 지나가니 더욱 슬퍼지고 애처로워집니다. 이어 다른 노래를 뜯게 하시어, 사람의 마음을 슬프고 처량하게 하니, 숨이 멎을 듯하고 탄식만 더해집니다. 그러자 선왕께서 휘하의 사냥하는 사람들에게 마음껏 사냥하라고 하셨습니다. 사냥하는 사람들이 든 횃불은 멀리서 보면 하늘의 유성처럼 밝게 빛났습니다. 선왕 폐하의 명이 떨어지면 병사들은 사냥에 나섰으며, 소리를 내지 않기 위해 가지를 물었습니다. 활을 쏘지 않고, 그물을 깔지 않았음에도 사냥감이 가득 찼습니다. 사람들은 드넓은 강물을 건넜고, 초목이 무성한 곳을 내달렸습니다. 새는 미처 날지 못했고, 짐승들은 미처 달아나지 못했습니다. 수레가 순식간에 멈추자, 짐승들과 새는 발에 밟혀 피가 튀었습니다. 모든 공은 먼저 잡은 사람이 차지했고, 얻은 사냥감은 수레에 이미 가득 찼습니다. 폐하께서 가보고자 하신다면, 반드시 먼저 (3일 동안) 재계를 하셔야 합니다. 길일을 택하여, 수레를 고르시고 검은 옷을 입으셔야 합니다. 구름 장식이 들어간 기(旗)를 세우시되, 무지개가 그려진 기여야 하며, 수레 덮개는 물총새의 깃털로 만들어야 합니다. 바람이 불고 비가 멈추듯, 순식간에 천리를 가버립니다. 폐하께서 가셔서 신녀와 만나신다면 궁금증을 풀 수 있으실 것입니다. 그러나 사방의 백성들을 생각하시고, 나라에 해가 될 것을 우려하십시오.

어진 이를 중시하시고, 부족한 부분을 채우십시오. 몸에 있는 아홉 개의 구멍에 막힌 기운들이 통하면서 정신은 밝아지실 것이며, 나이가 들수록 장수하시며 천만 년을 사실 것입니다.

❖ ≪고당부(高唐賦)≫

昔者楚襄王與宋玉遊於雲夢之臺, 望高唐之觀. 其上獨有雲氣, 崒兮直上, 忽兮改容, 須臾之間, 變化無窮. 王問玉曰: "此何氣也?" 玉對曰: "所謂朝雲者也." 王曰: "何謂朝雲?" 玉曰: "昔者先王嘗遊高唐, 怠而晝寢, 夢見一婦人曰: '妾巫山之女也, 爲高唐之客. 聞君遊高唐, 願薦枕席.' 王因幸之. 去而辭曰: '妾在巫山之陽, 高丘之阻. 旦爲朝雲, 暮爲行雨. 朝朝暮暮, 陽臺之下.' 旦朝視之, 如言. 故爲立廟, 號曰'朝雲.'" 王曰: "朝雲始生, 狀若何也?" 玉對曰: "其始出也, 曒兮若松榯; 其少進也, 晰兮若姣姬. 揚袂鄣日, 而望所思. 忽兮改容, 偈兮若駕駟馬, 建羽旗. 湫兮如風, 凄兮如雨. 風止雨霽, 雲無所處." 王曰: "寡人方今可以遊乎?" 玉曰: "可." 王曰: "其何如矣?" 玉曰: "高矣顯矣, 臨望遠矣. 廣矣普矣, 萬物祖矣. 上屬於天, 下見於淵. 珍怪奇偉, 不可稱論." 王曰: "試爲寡人賦之." 玉曰: "唯唯. 惟高唐之大體兮, 殊無物類之可儀比. 巫山赫其無疇兮, 道互折而層累. 登巑巖而下望兮, 臨大阺之稸水. 遇天雨之新霽兮, 觀百谷之俱集. 濞洶洶其無聲兮, 潰淡淡而并入. 滂洋洋而四施兮, 蓊湛湛而弗止. 長風至而波起兮, 若麗山之孤畝. 勢薄岸而相擊兮, 隘交引而却會. 崒中怒而特高兮, 若浮海而望碣石. 礫磥磥而相摩兮, 巆震天之礚礚. 巨石溺溺之瀺灂兮, 沫潼潼而高厲. 水澹澹而盤紆兮, 洪波淫淫之溶㵝. 奔揚踊而相擊兮, 雲興聲之霈霈. 猛獸驚而跳駭兮, 妄奔走而馳邁. 虎豹豺兕, 失氣恐喙; 雕鶚鷹鷲, 飛揚伏竄. 股戰脅息, 安敢妄摯? 於是水蟲盡暴, 乘渚之陽; 黿鼉鱣鮪, 交積縱橫, 振鱗奮翼, 蜲蜲蜿蜿. 中阪遙望, 玄木冬榮. 煌煌熒熒, 奪人目精. 爛兮若列星, 曾不可殫形. 榛林鬱盛, 葩華覆蓋. 雙椅垂房, 糾枝還會. 徙靡澹淡, 隨波暗藹. 東西施翼, 猗狔豊沛. 綠葉紫裹, 丹莖白蒂. 纖條悲鳴, 聲似竽籟. 淸濁相和, 五變四會. 感心動耳, 回腸傷氣. 孤子寡婦, 寒心酸鼻. 長吏隳官, 賢士失志. 愁思無已, 歎息垂淚. 登高遠望, 使人心瘁. 盤岸巑岏, 裖陳磑磑. 磐石險峻, 傾崎崖隤. 巖嶇參

27

差, 縱橫相追. 陬互橫牾, 背穴偃蹠. 交加累積, 重疊增益. 狀若砥柱, 在巫山下. 仰視山巔, 肅何千千, 炫耀虹蜺. 俯視崝嶸, 窒寥窈冥, 不見其底, 虛聞松聲. 傾岸洋洋, 立而熊經. 久而不去, 足盡汗出. 悠悠忽忽, 怊悵自失. 使人心動, 無故自恐. 賁育之斷, 不能爲勇. 卒愕異物, 不知所出. 縱縱莘莘, 若生於鬼, 若出於神. 狀似走獸, 或象飛禽. 譎詭奇偉, 不可究陳. 上至觀側, 地蓋底平. 箕踵漫衍, 芳草羅生. 秋蘭茝蕙, 江離載菁. 青荃射干, 揭車苞并. 薄草靡靡, 聯延夭夭. 越香掩掩, 衆雀嗷嗷. 雌雄相失, 哀鳴相號. 王雎鸝黃, 正冥楚鳩, 秭歸思婦, 垂雞高巢, 其鳴喈喈. 當年遨游, 更唱迭和, 赴曲隨流. 有方之士, 羨門、高谿, 上成、鬱林, 公樂、聚穀. 進純犧, 禱琁室, 醮諸神, 禮太一. 傳祝已具, 言辭已畢, 王乃乘玉輿, 駟倉螭, 垂旒旌, 旆合諧. 紬大弦而雅聲流, 冽風過而增悲哀. 於是調謳, 令人惏悷慘凄, 脅息增欷. 於是乃縱獵者, 基趾如星. 傳言羽獵, 銜枚無聲. 弓弩不發, 罘罕不傾. 涉莽莽, 馳苹苹. 飛鳥未及起, 走獸未及發. 彌節奄忽, 蹄足灑血. 舉功先得, 獲車已實. 王將欲往見, 必先齋戒. 差時擇日, 簡輿玄服. 建雲旆, 蜺爲旌, 翠爲蓋. 風起雨止, 千里而逝. 蓋發蒙, 往自會. 思萬方, 憂國害. 開賢聖, 輔不逮. 九竅通鬱精神察, 延年益壽千萬歲."

🌸 "부성(賦聖)" 송옥(宋玉)

송옥은 전국(戰國) 시기 초나라 언(鄢; 지금의 河北省 宜城) 사람으로, 대략 초나라 경양왕(頃襄王) 원년(기원전 298)에 태어나 초나라의 마지막 임금 부추(負芻) 때 사망했다. 한때 양왕(襄王)의 신하로 있으면서 간언하고 계책도 올렸으나 받아들여지지 않았다. 또 대부(大夫)로 있던 등도자(登徒子)와 당륵(唐勒)이 경양왕에게 그를 모함하는 말을 올린 적이 있다고 전한다. 송옥은 정치적으로는 불우했으나 문학사적으로는 큰 이름을 남겼다. 그는 굴원(屈原)의 뒤를 이은 초사(楚辭) 문학의 대가이다. ≪초사장구(楚辭章句)・구변서(九辯序)≫와 ≪수서(隋書)・경적지(經籍志)≫는 굴원의 제자로 기록하고 있다. 송옥은 굴원의 영향을 받아 ≪구변(九辯)≫과 ≪초혼(招魂)≫ 같은 초사체(楚辭體) 형식의 작품을 짓기도 했고, ≪풍부(風賦)≫·≪고당부(高唐賦)≫·≪신녀부(神女賦)≫·≪등도자호색부(登徒子好色賦)≫ 같은 부체(賦體) 형식의 작품을 짓기도 했다. 이 때문에 중국문학사에서는 그를 초사에서 부체 문학의 선하를 연 작가로 평가한다. 무엇보다 부 문학에서 탁월한 성취를 거두었기 때문에 후인들은 그를 "부성(賦聖)"이라고 부른다. 루칸루(陸侃如)는 ≪굴원과 송옥(屈原與宋玉)≫에서 "고대에 굴원과 송옥이 없었더라면, 문학사는 그렇게 찬란하지 않았을 것이다(古代若無屈宋, 則文學史決沒有那樣燦爛)."라고 했을 정도로 그의 문학적 성취를 높이 평가했다. 송옥의 이런 문학적 성취를 잘 보여주는 작품이 바로 ≪고당부≫와 이어서 감상할 ≪신녀부≫이다.

✿ 신녀의 아름다움을 노래한 3편의 부(賦)

≪고당부≫는 원래 남조(南朝) 양(梁)나라의 소명태자(昭明太子)가 편찬한 ≪문선(文選)≫(제19권)에 수록되어 있다. ≪문선≫에는 송옥의 본편과 이어서 감상할 ≪신녀부(神女賦)≫ 그리고 조식(曹植)의 ≪낙신부(洛神賦)≫가 함께 수록되어 있다. 중국문학에서 신녀의 아름다움을 가장 잘 노래한 작품들이 함께 수록된 것이 흥미롭다. 3편 모두 중국문학사에 지대한 영향을 끼친 작품들이다. 당나라 사람 이선(李善)이 ≪문선≫에 주석을 달 때 ≪고당부≫를 인용한 곳이 33곳이다. 이밖에 당대에 나온 ≪예문류취(藝文類聚)≫와 ≪초학기(初學記)≫도 일부분을 인용했다. 송나라 때의 ≪태평어람(太平御覽)≫에 ≪고당부≫를 인용한 곳이 여섯 곳이고, 청나라 때의 ≪역대부회(歷代賦匯)≫·≪전상고삼대문(全上古三大文)≫과 초본(抄本) ≪송옥집(宋玉集)≫에는 전체 문장을 수록하고 있다. 또한 역대로 ≪고당부≫의 전고를 인용한 문학 작품을 보면 그 수는 더더욱 많아진다. 우리가 잘 알고 있는 유명한 문인들

29

인 이백(李白)・두보(杜甫)・이상은(李商隱)・유영(柳永) 등은 물론이고 명・청대 상당수의 잡극(雜劇)과 전기(傳奇) 작품에서 ≪고당부≫의 전고를 차용하고 있다. 이로 본다면, 이 작품이 중국문학사에 끼친 영향이 얼마나 심오했는 지를 알 수 있다.

🌸 고양관(高陽觀)의 신녀는 누구일까?

"고당(高唐)"은 고양(高陽)을 말한다. "고양"은 초나라의 시조인 전욱(顓頊)의 성씨이다. 그러니 "고당지관(高唐之觀)"은 "고양관(高陽觀)"인 것이다. "고양관" 은 초나라 사람들이 시조 고양을 제사지내기 위해 무산(巫山)의 남쪽에 세운 누대(樓臺)를 말한다. 문중에 나오는 "양대(陽臺)"가 바로 고당관이다. 양대는 지금의 중경시(重慶市) 무산현(巫山縣) 서북쪽으로 1km 떨어진 고구산(高丘山)에 있다. ≪환우기(寰宇記)≫에는 "누대의 높이가 120장이고, 남쪽으로 장강과 접하고 있다. 흐리고 비가 올 때면, 운무가 먼저 일어난다. 송옥이 부에서 초왕이 양운의 누대에서 노닌 곳이다(臺高一百二十丈, 南枕大江, 每陰雨, 雲霧先起. 卽宋玉賦所謂楚王遊於陽雲臺也)."라고 했다. 그렇다면 시조인 고양을 모시기 위해 지은 사당에서 회왕이 만난 그 무산의 신녀(巫山之女)는 누구일까? 여기에는 두 가지 설이 있다. 첫째가 적제(赤帝)의 딸인 요희(姚姬)라는 설이다. 이 설은 이선의 주석에 보인다.

> ≪양양기구전≫에는 "적제의 딸이 요희인데, 시집가기도 전에 죽었다. 무산의 남쪽에 묻었기 때문에 무산의 딸이라고 한다(≪襄陽耆舊傳≫曰: 赤帝女曰姚姬, 未行而卒, 葬於巫山之陽, 故曰巫山之女)."

두 번째 설로는 초나라의 여신 고매(高禖)라는 설이다. 고매는 자손의 번

30

식을 주재하는 여신이다. 이 설은 문일다(聞一多; 1899~1946)에 의해 제기되었다. 이 설에 의하면, 문장에서 언급한 운몽(雲夢)은 여신 고매가 있는 곳으로, 역대의 초나라 임금들은 자손들의 번영을 기원할 때 이곳에 와서 제사를 올렸다고 한다. 양왕이 고당관을 찾은 것은 여신 고매에게 자손의 번영을 기원하기 위한 것이었다. 때문에 양왕은 이곳에서 송옥으로부터 선왕 때 있었던 일을 전해 듣고 자신도 여신 고매를 만나고 싶다는 의사를 피력했던 것이다.

✿ ≪고당부≫를 이해하는 키워드 "운우(雲雨)"

≪고당부≫를 이해하는 가장 중요한 부분은 신녀가 회왕에게 "아침에는 떠다니는 구름이 되고, 저녁에는 내리는 비가 됩니다(旦爲朝雲, 暮爲行雨)."라고 한 부분일 것이다. 이 부분은 "운우지정(雲雨之情)"의 어원으로, 역대로 많은 문학작품들에 인용될 만큼 유명한 구절이다. 그런데 왜 하필 "운우(雲雨)"일까? 여기서 "운우"는 단순히 비와 구름을 의미하지 않는다. "운우"는 비와 구름이 주는 이미지, 즉 어두움과 촉촉함을 상징하는 것으로 남녀가 성교하는 것을 의미한다. 그렇다면 "운우"가 왜 남녀의 성교와 연관이 있을까? 한 가지 흥미로운 설은 상고 시기에는 남녀의 성교로 비를 기원한 의식이 있었다는 것이다. 이 부분은 ≪고당부≫의 사상적 유래와 주제를 파악하는 데 매우 중요하다. 상고 시기의 사람들은 사람과 자연은 서로 교감한다고 믿었다. 자연을 모방하면 자신들이 바라는 일이 자연에서 그대로 일어난다고 믿었던 것이다. 남녀의 성교로 비를 기원하는 것도 마찬가지였다. 성교를 하면 남녀가 흠뻑 젖듯이 만물도 흠뻑 젖어 번창해진다는 것이다. 지금의 시각으로 보면 이해할 수 없는 대목이다. 본문에서 가장 많은 편폭을 차

31

지하는 장엄한 대자연의 묘사가 바로 이 "운우"의 결과물로, 산림의 울창하고 번성함을 보여준다. 여기서 우리는 회왕이 신녀와 "사랑을 나누었다(幸之)"라고 한 의미를 알 수 있다. 회왕은 임금으로서 "운우"로 변하는 신녀와 결합하여 자손을 번성시키고 만물을 번창시키길 기원했다. 양왕이 "과인도 지금 노닐러 갈 수 있겠소?(寡人方今可以遊乎?)"라고 하자, 송옥은 양왕에게 신녀가 고당을 묘사하고 그녀를 만나러 갈 것을 권한다. 이 권고에는 자손을 번성시키고 만물을 번창시키길 기원하는 의미가 담겨있는 것이다. 송옥은 이런 의식을 배경으로 문학적 상상력을 가미하여 한 편의 아름답고 의미심장한 작품을 만들었다.

❁ "풍간설(諷諫說)"인가 "순수문학설"인가

현재 《고당부》의 주제에 대해서는 학자마다 이견이 존재한다. 그중 대표적인 설로는 풍간설(諷諫說)과 남녀의 사랑과 고당의 아름다운 풍광을 노래했다는 설이 있다. 전자는 당나라 사람 이선(李善)이 《문선》(권19)에 수록한 《고당부》에 "이 부는 신녀의 일을 허위로 설정해, 임금의 음란하고 미혹됨을 풍간했다(此賦蓋假設其事, 諷諫淫惑也)."라고 주석을 단 것이 대표적이다. 이 설은 송옥이 신녀를 만나 음탕한 행위를 한 회왕을 풍간했다고 여긴다. 후자의 설에 대해서는 초사(楚辭) 학자 장량푸(姜亮夫)가 "송옥의 문장은 초인적인 스케일로 방탕한 마음을 쓰고 있을 뿐이다……인생을 즐기자는 것뿐이다(宋玉之文, 則只在用超人的規模來寫佚蕩的情思……只是從人生娛樂出發)."라고 한 것이다. 이 설은 정치적 색채나 풍간의 의미는 없고 순수한 문학적 활동으로 지어졌다고 본다. 이 두 설은 관점은 다르나 원문의 내용에 충실하다는 공통점이 있다.

32

필자는 《고당부》에는 확실히 풍간의 의미가 함축되어 있다고 본다. 그러나 풍간이 임금의 음란함을 풍간하는 것이 아닌 임금에게 강성한 나라를 만들고 태평성세를 이루길 바라는 마음을 풍간했다고 여긴다. 송옥이 양왕에게 번식의 여신 고매를 찾아가라고 한 것이나 고당이 있는 무산(巫山)의 험준함과 신성함 그리고 그곳의 아름답고 고매한 신녀의 모습은 사실 누구도 범접하기 어려운 것이다. "반드시 먼저 (3일 동안) 재계를 하셔야 합니다. 길일을 택하여, 수레를 고르시고 검은 옷을 입으셔야 합니다(必先齋戒. 差時擇日, 簡輿玄服)."라고 한 것은 태평성세를 이루기 위해서는 임금이 그만큼 각고의 노력을 해야 한다는 것을 일깨워주는 것이며, "그러나 사방의 백성들을 생각하시고, 나라에 해가 될 것을 우려하십시오. 어진 이를 중요시하시고, 부족한 부분을 채우십시오(思萬方, 憂國害. 開賢聖, 輔不逮)."는 나라를 다스려야 할 임금으로서 해야 할 일을 말하고 있는 것이다.

✿ 산수문학의 비조

《고당부》에서 또 하나 빼놓을 수 없는 부분이 고당의 대자연을 묘사한 부분이다. 이 부분은 중국 산수문학의 비조로 알려져 있을 만큼 묘사가 섬세하고 뛰어나다. 한대 이전에 이런 실감나고 세밀한 묘사가 등장했다는 것은 아주 경이로운 일이다. 한편으로는 당시 중국문학이 이미 어느 정도로 발전되었는지를 짐작할 수 있다. 문장은 "고당의 모습은 높고 커서, 세상에 이에 비견될 수 있는 것은 아무것도 없습니다(惟高唐之大体兮, 殊無物類之可儀比)."로 시작하여, 고당의 진면목을 몇 단계로 나누어 파노라마식으로 묘사한다. 설명하는 단계에 따라서 여섯 단계로 나눌 수 있다. 첫째는 고당을 오르는 험준한 길과 산 아래의 장엄한 모습을 설명한 것이다. 둘째는 산허

33

리에서 바라보는 고당의 푸르고 울창한 모습을 설명했고, 셋째 부분은 산 꼭대기의 가파르고 아찔한 모습을 설명했다. 넷째 부분은 사당 주위의 아름다운 경관을 설명했고, 다섯째 부분은 사당 안에서 선왕이 기원하는 모습과 기원이 끝난 후 사냥을 하며 즐기는 모습을 설명했다. 마지막 부분은 고당에 가기 전에 준비해야 할 것을 설명하면서 고당으로 가는 것이 과연 진정으로 나라를 위하는 것인지를 생각해볼 것을 간언하는 부분이다. 또 문장에는 대량의 의성어와 의태어가 사용되어 고당의 장엄한 풍광을 독자들의 눈앞에 그대로 보여주고 있는 듯 생동적이다. 예를 들어 고당 아래의 협곡에서 세찬 파도에 의해 구르는 돌을 묘사한 부분을 보자.

礫磔磔而相摩兮,　　무수한 자갈들은 서로를 비비며,
嶪震天之礚礚.　　자르르하며 천지를 울리는 거대한 소리를 냅니다.
巨石溺溺之瀺灂兮,　　거대한 돌이 물에 가라앉았다 드러나면서,
沫潼潼而高厲.　　눈 같이 하얀 거대한 거품이 높이 일어납니다.

　"서로를 비비며"는 자갈들이 물에 의해 움직이며 부딪치는 모양을 형용한 말로, 아주 절묘하고 생동적인 표현이다. 또 "뢰뢰(礫磔)"는 돌이 많은 모양이고, "개개(礚礚)"는 돌들이 부딪치는 소리이다. "익익(溺溺)"은 물에 잠기는 것이고, "참작(瀺灂)"은 큰 돌이 물 밖으로 드러나는 것이며, "동동(潼潼)"은 수세가 높은 것이다. 뿐만 아니라 같은 두 글자를 중첩함으로써 의미상에서 뿐만 아니라 청각효과도 대단히 뛰어나다. 일대의 문학가가 아니면 쓰기 어려운 작품이 아닐까 싶다.

34

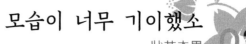

모습이 너무 기이했소
狀甚奇異
[戰國] 송옥(宋玉)

초나라 양왕(襄王)이 송옥(宋玉)과 운몽택(雲夢澤)의 물가에서 노닐며, 송옥에게 고당(高唐)의 일을 말하게 했다. 그날 밤, 양왕이 잠을 자는데 과연 꿈에 신녀를 만났다. 신녀의 모습이 너무 아름다워, 양왕은 기이하게 여겼다. 다음 날, 송옥에게 꿈의 일을 말했다. 송옥이 말했다.

"꿈은 어떠하셨습니까?"

임금이 대답했다.

"어제 저녁 무렵 후로 정신이 황홀해지면서 기분 좋은 일이 일어날 듯하였소. 너무 기뻐 어쩔 줄 몰랐는데 왜 그런지 모르겠소. 뚜렷하게 보지는 못했지만 약간의 기억은 있는 듯하오. 한 여인을 보았는데, 모습이 너무 기이했었소. 자다가 꿈에서 그녀를 보았는데, 깨보니 기억이 나질 않았소. 정신이 멍해지고 우울해지더니, 슬퍼 뭔가 잃어버린 듯 했소. 가슴에 손을 대고 마음을 진정시키니, 꿈에 보았던 여인이 다시 보이질 않겠소."

송옥이 물었다.

"모습이 어떠하였습니까?"

임금이 말했다.

"풍만하고 아름다워, 세상의 아름다움을 다 갖고 있는 듯했소. 화사하고 고와서, 말로 형용하기 어렵소. 옛날에도 없었고, 지금에도 보기 어렵지. 귀하고 남다른 자태는, 이루 다 찬미할 수 없네. 처음 올 때의 모습은, 막 떠오르는 해가 집의 대들보를 비추듯 빛났네. 조금 지나자, 밝은 달이 그 빛을 펴듯 환해졌네. 잠깐 사이에, 아름다운 미모가 끝없이 생겨났지. 꽃처럼 화사하고, 아름다운 옥처럼 윤이 났지. 깊은 색채로도, 그녀의 모습을 나나낼 수 없을 것이네. 자세히 보면, 눈이 부시네. 성대한 옷과 장신구하며, 가볍고 부드러운 비단·흰 깁·무늬가 수놓인 비단은 색채가 화려하고, 아름다운 옷과 오묘한 색채는 사방을 비춘다네. 아름다운 옷을 살랑이고, 긴 두루마기 걸친 것이, 두툼한 듯 짧지 않고, 가는 듯 길지 않으며, 가벼운 발걸음으로 전당을 환하게 비추네. 갑자기 모습을 바꾸는 것이, 유룡(游龍)이 구름을 타고 훨훨 나는 것처럼 부드러웠네. 겉옷을 아름답게 걸치고, 아주 알맞게 엷은 화장을 했네. 난(蘭)의 광택을 바르고, 두약(杜若)의 향기를 뿜어내네. 성품이 온화하고 남을 편안하게 해주니, 군왕을 곁에서 모시기에 알맞네. 행동거지는 절도가 있고 공손하며, 사람의 마음을 잘 따라 줄 것 같았네."

임금이 말했다.

"이렇게 아름다우니, 그대가 과인에게 한번 묘사해 주시게."

송옥이 말했다.

"예, 폐하. 너무 아름답고 고운 신녀, 세상의 농염함을 모두 갖고 있네. 색채 화려한 옷은 얼마나 좋은지, 물총새가 날개 짓하며 비상하는 듯하고 그 자태 둘도 없고, 그 아름다움 다함이 없어라. 모장(毛嬙)이 소매로 얼굴을 가려, (미모의) 기준이 될 수 없음을 수줍어하네. 서시(西施)는 얼굴을 가리고, 비할 수 없음에 아연실색하네. 가까이서 보면 아리땁기 그지없고, 멀리서 보면 우러러 보게 되네. 골격은 기이하고 예사롭지 않아, 군왕이 바라는 모습에 들어맞네. 눈엔 세상의 미녀가 가득하나, 누가 그녀를 능가할 수 있으리? 혼자 속으로 기뻐하시니, 그 즐거움 이루 다할 길이 없네. 다만 왕래가 드물고 은혜가 적었으니, 속마음 후련하게 털어놓을 수 없으셨네. 사람들은 볼 수 없겠으나, 폐하께서는 그 자태를 보실 수 있네. 그 모습 단정하고 고귀하니, 어찌 말로 다 할 수 있으리? 자태는 풍만하고 장중하며 어여쁘고, 피부는 옥처럼 반들하고 희네. 눈은 살아있는 듯 초롱초롱, 그 밝고 맑은 눈은 정말 아름답고 볼 만하네. 가늘고 긴 눈썹은 나방의 촉수처럼 위로 올라가고, 붉은 입술은 단사(丹砂)처럼 선명하네. 성품은 순박하고 바르면서 온유하고 성실하며, 마음은 느긋하고 편안하며 몸은 한가하네. 그윽하고 고요한 선계(仙界)에서 차분하고 어여삐 있으면서, 인간 세상을 거니네. 높고 큰 궁전에서 마음을 달래고, 얽매임 없이 마음껏 여유를 부리네. 엷은 안개 같은 비단을 움직이며 서서히 걸으니, 스윽하며 계단을 스치는 소리를 내네. 내 침상의 휘장을 한참 바라보니, 흐르는 물에 물결이 일어날 듯하네. 긴 소매를 흔들고 옷깃을 바로하며, 서서 거닐며 불안해 하네. (표정은) 차분하고 조용하면서 상냥하고 유순하며, 성품은 침착하고 점잖으며 사람을 귀찮게 하지 않네. 감정의 기복이 있어 약간의 움직임에도, 마음을 헤아릴 수 없게 하네. 가까이 하려는 뜻이 있으면서도 멀리하니, 올 듯하다가 다시 몸을 돌리네. 내 침대의 휘장을 들어 함께 하길 청하니, 정성스런 마음을 보이고자 하네. (그러나 그녀는) 곧고 진실하며 고결하여, 결국 나와 함께 할 것을 거절하네. 아름다운 말을 올려 나의 말에 대답하고, 하는 말은 두약과 난초처럼 향기롭네. 영혼으로 오가며 소통하니, 마음은 즐겁고 편안하기만 하네. 마음으로 통할 뿐 함께 하지 못하니, 오갈 곳 없는 영혼은 심란하네. (함께 하길) 바라는 마음은 있으나 속으로 내키지 않으니, 길게 탄식하며 슬

37

퍼하네. 살짝 노기를 띠고 진중한 표정을 지으니, 함부로 건드릴 수 없네. 신녀는 차고 있던 장신구를 흔들고, 옥 방울을 울리고, 옷을 바로 하고, 웃음을 거두고 진중한 표정을 지으며, 여자 시종에게 묻고, 남자 시종에게 알려 출발을 준비하네. 나와 결합해 기쁨을 나눌 틈도 없이, 떠나려 하네. 몸을 돌려 뒷걸음하며, 나를 가까이 할 수 없음을 알아차리네. 가는 듯 마는 듯, 속으로 나를 그리워하는 듯하네. 나를 살짝 곁눈실하며, 근사한 광채를 보내주네. 마음과 자태가 마구 나와, 이루 말로 형용할 수 없네. 떠나려 하나 나와의 인연 끊지 못해, 두렵고 불안해 하네. (그녀가 이렇게 급히 떠나면) 이별의 예를 올리기 어렵고, 이별의 말을 하기 어렵네. 잠깐의 시간이라도 내주시길 바라나, 신녀는 급히 가야 한다고 말하네. 순간 애간장이 끊어지고 기운이 다해지며, 정신이 흐리멍덩해져 의지할 것을 잃어버린 것 같네. 갑자기 날이 어두워지더니, 순식간에 어디로 갔는지 알 수 없네. 간절한 마음은 내 안에만 있으니, 누구에게 말할 수 있으리. 슬퍼하고 탄식하니 눈물이 드리우고, 그녀를 찾느라 날이 밝네."

❖ ≪신녀부(神女賦)≫

楚襄王與宋玉遊於雲夢之浦, 使玉賦高唐之事. 其夜玉寢, 果夢與神女遇, 其狀甚麗, 玉異之. 明日, 以白王. 王曰: "其夢若何?" 玉對曰: "晡夕之後, 精神恍忽, 若有所喜. 紛紛擾擾, 未知何意? 目色髣髴, 乍若有記. 見一婦人, 狀甚奇異. 寐而夢之, 寤不自識. 罔兮不樂, 悵然失志. 於是撫心定氣, 復見所夢." 王曰: "狀何如也?" 玉曰: "茂矣美矣, 諸好備矣. 盛矣麗矣, 難測究矣. 上古旣無, 世所未見. 瓌姿瑋態, 不可勝贊. 其始來也, 耀乎若白日初出照屋梁; 其少進也, 皎若明月舒其光. 須臾之間, 美貌橫生. 曄兮如華, 溫乎如瑩. 五色幷馳, 不可殫形. 詳而視之, 奪人目精. 其盛飾也, 則羅紈綺繢盛文章, 极服妙釆照萬方. 振繡衣, 被袿裳, 穠不短, 纖不長, 步裔裔兮曜殿堂. 忽兮改容, 婉若遊龍乘雲翔. 嫷披服, 倪薄裝.

38

沐蘭澤, 含若芳. 性合適, 宜侍旁. 順序卑, 調心腸." 王曰: "若此盛矣, 試爲寡人賦之." 玉曰: "唯唯. 夫何神女之姣麗兮, 含陰陽之渥飾. 披華藻之可好兮, 若翡翠之奮翼. 其象無雙, 其美無極. 毛嬙鄣袂, 不足程式; 西施掩面, 比之無色. 近之旣妖, 遠之有望. 骨法多奇, 應君之相. 視之盈目, 孰者克尙? 私心獨悅, 樂之無量. 交希恩疎, 不可盡暢. 他人莫睹, 王覽其狀. 其狀峨峨, 何可極言. 貌豊盈以莊姝兮, 苞溫潤之玉顏. 眸子炯其精朗兮, 瞭多美而可觀. 眉聯娟以蛾揚兮, 朱唇的其若丹. 素質幹之醲實兮, 志解泰而體閑. 旣婗嫿於幽靜兮, 又婆娑乎人間. 宜高殿以廣意兮, 翼故縱而綽寬. 動霧縠以徐步兮, 拂墀聲之珊珊. 望余帷而延視兮, 若流波之將瀾. 奮長袖以正衽兮, 立躑躅而不安. 澹淸靜其愔嫕兮, 性沈詳而不煩. 時容與以微動兮, 志未可乎得原. 意似近而旣遠兮, 若將來而復旋. 褰余幬而請御兮, 願盡心之倦倦. 懷貞亮之潔淸兮, 卒與我兮相難. 陳嘉辭而云對兮, 吐芬芳其若蘭. 精交接以來往兮, 心凱康以樂歡. 神獨亨而未結兮, 魂榮榮以無端. 含然諾其不分兮, 喟揚音而哀歎. 頩薄怒以自持兮, 曾不可乎犯干. 於是搖佩飾, 鳴玉鸞, 整衣服, 斂容顏, 顧女師, 命太傅. 歡情未接, 將辭而去. 遷延引身, 不可親附. 似逝未行, 中若相首. 目略微眄, 精彩相授, 志態橫出, 不可勝記. 意離未絶, 神心怖覆. 禮不遑訖, 辭不及究. 願假須臾, 神女稱遽. 徊腸傷气, 顚倒失據. 闇然而暝, 忽不知處. 情獨私懷, 誰者可語? 惆悵垂涕, 求之至曙."

❀ ≪고당부≫의 자매편

≪신녀부≫는 ≪고당부≫와 내용상 긴밀하게 연관되어 있다. 이 때문에 역대로 학자들은 이 두 편을 자매편으로 보고 있다. 두 편의 관계를 청나라 사람 하작(何焯)은 "두 부는 순서대로 함께 보아야 전체적인 의미를 볼 수 있다(兩賦當相次合看, 乃見全旨)."라고 했다. ≪고당부≫가 초나라 회왕이 꿈에 아름다운 신녀를 만나 사랑을 나누고 송옥이 그녀가 사는 고당의 아름다운 풍광을 노래한 내용이라면, ≪신녀부≫는 초나라 양왕이 꿈에 신녀를 만나고 송옥이 그녀의 아름다운 자질을 묘사하는 내용이다. ≪신녀부≫는 중국 문학사에서 신녀의 아름다움을 묘사한 작품의 시초라고 할 수 있다. 조식(曹

植)의 ≪낙신부(洛神賦)≫가 이 작품의 직접적인 영향을 받았다. 또 하나는 송옥이 양왕을 대신하고 양왕의 어투로 신녀를 묘사한 것은 한대 부(賦) 문학에서 "대언체(代言體)"의 선하를 열었다는 점에서 의미가 있다.

✿ "신이 내린 문장(神來之文)"

≪신녀부≫의 문학적 성취는 신녀의 아름다움을 세밀하고 생동적으로 묘사한 데 있다. 이를 명나라 사람 손광(孫鑛)은 ≪손월봉선생평문선(孫月峰先生評文選)≫에서 이렇게 평했다.

> 너무 아름답고 반짝 윤이 나며, 모습을 묘사하는 것이 아주 치밀하다. 정말이지 신이 내린 문장이다. 꾸미고 수식하는 자들이 미칠 수 있는 바가 아니다(深婉而溜亮, 說情態入微, 眞是神來之文, 非雕飾者所能至).

작품에서는 신녀를 묘사한 부분이 두 곳이 있다. 첫째 부분은 양왕이 꿈에 본 신녀의 아름다움을 송옥에게 말하는 장면이다. 여기에는 신녀의 자태·의상·걸음걸이·화장·행동거지가 묘사되고 있다. 흥미로운 점은 양왕이 신녀를 본 순간부터 시시각각으로 변하는 그녀의 아름다움을 묘사했다는 점이다. 작품을 보면, 신녀가 처음 올 때(其始來也) → 조금 지나자(其少進也) → 잠깐 사이에(須臾之間) → 자세하게 보니(詳而視之) → "갑자기 모습을 바꾸는 것이(忽兮改容)"으로 나누어져 묘사되고 있는데, 생동적이고 입체적인 느낌을 준다. 두 번째 부분은 양왕의 설명을 들은 송옥이 신녀의 모습을 묘사하는 장면이다. 이 부분은 ≪신녀부≫에서 가장 많은 편폭을 차지한다. 앞서 묘사된 신녀의 아름다움이 더 자세하게 그려지고 있는데, 신녀의 얼굴·자태·피부·눈·눈썹·입술·성품 등이 묘사된다. 여기에서 표현이

40

어느 정도로 생동적인지 신녀의 눈썹과 입술을 묘사한 대목을 살펴보자.

> 眉聯娟以蛾揚兮,　　가늘고 긴 눈썹은 나방의 촉수처럼 위로 올라가고,
> 朱脣的其若丹.　　　붉은 입술은 단사처럼 선명하네.

굽은 눈썹을 나방의 촉수에, 붉은 입술을 붉은 모래(丹砂)에 비유한 것이 절묘하다. 이어 양왕의 구애에 신녀는 함께 할 수 없음을 나타내고 엄숙한 표정을 지으며 거절하는 부분이 나온다. 또 여기에는 떠나려 하면서도 양왕과 헤어지기 아쉬워하는 신녀의 모순된 마음과 이에 비통해 하는 양왕의 모습이 그려진다. 이곳에서는 양왕의 구애에 신녀의 심리변화가 흥미롭게 묘사되어 있다. 신녀는 처음에 양왕과 함께 할 것인지를 두고 마음의 갈등을 일으키며 "서서 거닐며 불안해 한다(立躑躅而不安)." 그러나 그녀는 다시 "올 듯하다가 몸을 돌려(若將來而復旋)" "결국 양왕과 함께 할 것을 거절한다(卒與我兮相難)." 탄식하고 슬퍼하는 양왕을 보고, 신녀는 "살짝 노기를 띠고 진중한 표정을 지어(順薄怒以自持兮)" 자신의 의사를 분명히 표한다. 이렇게 단호하게 의사표시를 했으나 신녀는 계속 마음의 갈등을 겪는다. 그녀는 태부(太傅)에게 떠날 것을 준비하라고 하면서도 "가는 듯 마는 듯 양왕을 그리워한다(似逝未行, 中若相首)." 심지어 양왕에게 "살짝 곁눈질까지 하며 근사한 광채를 보내며(目略微眄, 精彩相授)" 양왕의 마음을 더욱 애타게 만든다. 양왕은 작별의 예를 올리기 위해서라도 "잠깐의 시간이라도 내주길 바라나(願假須臾)" "신녀는 급히 가야 한다고 말한다(神女稱遽)." 양왕은 "순간 애간장이 끊어지고, 정신이 흐리멍덩해져 의지할 것을 잃어버린 듯해진다(徊腸傷气, 顚倒失據)." 눈물을 흘리고 탄식하며 날이 새도록 그녀의 종적을 찾지만 찾지 못한다. 마치 한편의 심리 드라마를 보는 것 같다. 여신으로서 엄숙하고 자

41

애로운 신녀의 모습은 보이지 않고 심리적 갈등을 겪는 인간적인 모습을 엿볼 수 있다.

🌸 ≪신녀부≫와 ≪낙신부≫

≪신녀부≫는 조식의 ≪낙신부≫에 직접적인 영향을 준 것으로 유명하다. 조식도 ≪낙신부≫를 짓게 된 동기를 이렇게 말했다.

> 송옥이 초나라 왕에게 신녀의 이야기를 말해준 것에 느낌을 받아, 이 부를 지었다(感宋玉對楚王神女之事, 遂作斯賦).

실질적으로 두 작품을 비교해 보면 내용·형식적으로 유사한 점을 많이 찾을 수 있다. 첫째, 여신(女神)을 노래했다. 둘째, 문두에 작품을 짓게 된 동기를 썼다. 셋째, 대화체로 전개하고 있다. ≪신녀부≫에서는 대화가 임금 → 송옥 → 임금 → 송옥으로 이어지고, ≪낙신부≫에서는 조식 → 마부 → 조식으로 이어지고 있다. 넷째, 꿈이나 몽환적인 환상을 매개로 한다. ≪신녀부≫는 꿈을 매개로, ≪낙신부≫는 낙수(洛水)에서의 환상을 매개로 했다. 다섯째, 시간적·공간적 추이에 따라 변하는 신녀의 아름다움을 묘사했다. ≪신녀부≫는 "처음 올 때" → "조금 지나자" → "잠깐 사이에" → "자세히 보면" → "갑자기 모습을 바꾸는 것이" 순으로 묘사된다. ≪낙신부≫는 "멀리서 바라보면" → "다가가 살펴보면" 순으로 묘사가 된다. 이와 달리 ≪낙신부≫가 ≪신녀부≫에 비해 더 발전된 경향도 보인다. 첫째, 묘사하는 대상이 크게 확대되었다. ≪신녀부≫는 신녀의 자태·피부·눈·눈썹·입술·인품·걸음걸이를 묘사한 반면, ≪낙신부≫는 신녀의 몸매·신장·어깨·허리·목·피부·머리·눈썹·입술·치아·눈·보조개·자태·마음·태도·말소리·의상·장신구·신발·걸음걸이·장난치는 모습 등이 묘사되어 있다. 둘째는 《낙신부》의 묘사가 《신녀부》보다 더 세련되었다는 점이다. 여기서 한 가지 예를 들어 본다.

其始來也,　　　　처음 올 때의 모습은,
耀乎若白日初出照屋梁.　막 떠오르는 해가 집의 대들보를 비추듯 빛났네.
其少進也,　　　　조금 지나자,
皎若明月舒其光　　밝은 달이 그 빛을 펴듯 환해졌네

《신녀부》

遠而望之,　　　　멀리서 바라보면,
皓若太陽升朝霞.　　빛나는 것이 아침노을 위로 떠오르는 태양 같기도 하고,
迫而察之,　　　　다가가 살펴보면,
灼若芙蕖出渌波.　　밝은 것이 연꽃이 맑은 물결을 헤쳐 나오는 것 같기도 하네.

《낙신부》

　두 편 모두 신녀가 막 나타났을 때의 모습을 노래했다. "빛나다"에 대한 묘사를 보면 《신녀부》는 "해가 대들보를 비추는 듯하다"로 비유했고, 《낙신부》의 경우 "아침노을 위로 떠오르는 태양 같다"라고 비유했는데, 아무래도 후자의 표현이 더 분명하다. 또 "밝다"에 대한 묘사를 보면, 《신녀부》는 "밝은 달이 그 빛을 펴듯"으로 비유했고, 《낙신부》는 "연꽃이 맑은 물결을 헤치고 나오는 것 같다."라고 했는데 후자의 표현이 더 절묘하다. 셋째, 《신녀부》의 글자 수는 4·10·4·7로 다소 불규칙적이고, 《낙신부》의 글자 수가 4·7·4·7로 정형화되어 있다. 이는 부체 형식이 《신녀부》 시기보다 더 완전하게 정립되어 있음을 의미한다.

43

✿ 인간적 면모를 갖춘 여신의 모습

　　≪신녀부≫와 ≪낙신부≫는 이상과 같은 상이점이 있지만 이들 작품이 갖는 가장 큰 의미는 장중하고 엄숙함을 갖추어야 하는 여신이 사랑의 갈등을 겪는 인간적인 면모를 보여준다는 점이 아닐까 싶다. 사실 필자의 생각으로는 이 두 작품의 백미는 바로 신녀의 아름다움을 묘사한 대목이 아니라 신녀가 겪는 갈등을 묘사한 대목이 아닌가 싶다. 두 작품에서 보이는 신녀의 갈등은 사뭇 서로 다른 양상으로 나타난다. ≪신녀부≫에서는 양왕의 계속되는 구애에 머뭇거리며 엄숙한 표정을 지어보이기도 하면서 한편으로 함께 하지 못함을 아쉬워하고 그리워하는 심리를 보여준다. ≪낙신부≫에서는 조식의 찬미에 신녀는 사람과 신은 이루어질 수 없음을 상기시키면서도 배필이 되지 못한 것이 원망스럽다고 말하며 떠나간다. 현재 ≪신녀부≫나 ≪낙신부≫에 나오는 신녀가 누구인지와 이 작품의 주제가 무엇인지에 대해서는 학자들마다 의견이 분분하다. 한 가지 분명한 것은 이들 작품에 보이는 신녀의 심리묘사는 한편의 애정 드라마를 보는 듯 아주 곡절적이고 애절하다는 것이다. 이것만 봐도 ≪신녀부≫와 ≪고당부≫의 문학적 성취를 엿볼 수 있을 것이다.

가시고 또 가시니
行行重行行
[東漢] 무명씨(無名氏)

가시고 또 가시니,
당신과 생이별 했네요.
서로 만리나 떨어지고,
각자 하늘 끝에 있네요.
길은 험하고도 머니,
만날 날 어찌 알 수 있을까요?
오랑캐 말은 북풍에 의지하고,
월나라 새는 남쪽 가지에 깃드네요.
서로 떨어진 날 오래되어가니,
허리띠는 날마다 헐거워지네요.
뜬 구름은 밝은 해를 가리고,
떠난 당신 돌아올 줄 모르시군요.
당신 생각에 이내 몸 늙어가고,
세월은 저물어가기만 하군요.
날 두고 가신 님 원망 않으리니,
열심히 밥이나 잘 챙기세요.

45

❖ ≪행행중행행(行行重行行)≫

　　行行重行行, 與君生別离.
　　相去萬餘里, 各在天一涯.
　　道路阻且長, 會面安可知?
　　胡馬依北風, 越鳥巢南枝.
　　相去日已遠, 衣帶日已緩.
　　浮雲蔽白日, 游子不顧返.
　　思君令人老, 歲月忽已晚.
　　弃捐勿復道, 努力加餐飯.

❀ 이별의 아픔을 노래한 시

　　전쟁은 많은 사람들을 이별하게 만든다. 중국 역사에서 동한(東漢) 말기도 예외는 아니었다. 동한 말기는 유명한 ≪삼국지≫의 무대가 된 시기이자 문학사적으로 오언시(五言詩)가 완성되고 사실주의 문학전통이 형성된 의미 있는 시기였다. 당시 거듭되는 기황(饑荒)과 폭정은 백성들의 삶을 피폐하게 만들었다. 이에 반기를 들고 일어난 지방의 세력과 중앙 조정 간의 전쟁은 수많은 사람들을 사랑하는 부모형제와 갈라놓았다. 아이러니하게도 전쟁으로 사람들이 겪은 이별의 고통이 문학창작의 원천이 되었다.

　　동한 문학에서 이별의 아픔을 가장 두드러지게 묘사한 작품이 ≪고시십구수(古詩十九首)≫이다. ≪고시십구수≫는 남조(南朝) 양(梁) 나라 때 소통(蕭統)이 엮은 ≪문선(文選)≫에 실린 오언고시(五言古詩) 19수를 말한다. 내용은 대부분 어지러운 동한 말의 사회를 배경으로 한 남녀의 정을 노래했다. 민가처럼 소박한 맛은 없으나 세련된 오언으로 절실한 감정 표현에 성공해 새

46

로운 서정의 세계를 개척하였다. 문학사적으로 한말(漢末) 건안(建安) 시기의 조조(曹操) 삼부자를 중심으로 하는 문인들의 오언시 창작에 토대를 마련해 주었다. ≪고시십구수≫ 중 12수가 이별로 말미암은 떠나간 임에 대한 여인의 처절한 그리움이나 애절한 원망을 노래했다. 그 첫 번째 편이 위의 ≪가시고 또 가시니(行行重行行)≫이다.

❀ 민가의 운율미

시에는 멀리 떠난 임을 생각하는 마음이 애절하게 잘 나타나 있다. 여인은 떠난 임 생각에 몸이 야위어져 가도 객지를 떠돌고 있을 임의 건강을 걱정한다. 특히 제15구와 제16구의 "날 두고 가신 님 원망 않으리니, 열심히 밥이나 잘 챙기세요."는 읽는 이의 마음을 숙연하게 만든다. 이 시의 가장 큰 특징은 민가의 리듬으로 운율미를 나타낸 점이다. 시를 보면 제1구에서는 "행행(行行)"이 반복적으로 나오고, 제3구의 "상거(相去)"와 제9구의 "상거(相去)"가 중복되며, 제9구의 "일이(日已)"와 제10구의 "일이(日已)"가 반복되고 있다. 이런 특징은 전형적인 민가에서 보이는 특징이다. 민가는 보통 운자를 쓰지 않기 때문에 시어를 반복해서 운율미를 나타내는데 시의 작가는 이를 이용하여 시의 운율미를 강화시켰다. 시에 운자를 사용하지 않고 민가의 운율을 차용했다는 것이 상당히 이채롭다.

❀ ≪임이 보내신 분께서 멀리서 오셔서(客從遠方來)≫

≪고시십구수≫ 제18편인 ≪임이 보내신 분께서 멀리서 오셔서(客從遠方來)≫를 한 수 더 감상해보자.

客從遠方來,　임이 보내신 분께서 멀리서 오셔서,
遺我一端綺.　나에게 비단 한 필을 전해주시네.
文綵雙鴛鴦,　두 원앙에 아로 새겨진 비단,
裁爲合歡爾,　재단하여 임과 덮을 이불을 지었네.
著以長相思,　서로 그리워함으로 붙이고,
緣以結不解.　풀리지 않게 맺음으로 선을 둘렀네.
以膠投漆中,　아교를 옻칠 속에 넣은 것이니,
誰能別離此?　누가 우리를 갈라놓을 수 있으리오?

시를 보면 상당한 문학적 수양을 가진 사람이라고 추측은 되지만 아쉽게도 시의 작가를 알 수 없다. 이 시 역시 한 여인이 멀리 떠난 남편을 간절히 그리워하는 내용이다. 시 곳곳에서 남편을 그리워하는 그녀의 간절한 마음이 읽는 이의 심금을 울린다. 특히 제5구와 제6구의 표현이 뛰어나다.

명나라 사람 우광선(牛光先)이 손으로 쓴 고시십구수(古詩十九首)

제5구의 "장상사(長相思)"의 문자적인 의미는 긴 그리움을 뜻한다. 그런데 "사(思)"자가 "사(絲)"자와 발음이 같다. "장상사(長相絲)"라고 보면 길게 이어진 실, 솜을 의미하는 말이 된다. 따라서 이 문장은 남편이 보내준 이불에 솜을 넣는다는 말인데 "사(絲)"와 발음이 같은 "사(思)"자로 바꿔 그리움을 나타내는 말로 표현했다. 실질적으로 이불에는 솜을 넣는 것이지만 사실은 남편에 대한 그리움을 담는다는 의미가 내포되어 있다. 제6구 역시 교묘하다. 이 역시 남편에 대한 끊임없는 그리움과 사랑의 마음을 나타냈다. "결불해(結不解)", 즉 풀리지 않게 매듭짓는다는 것은 남편에 대한 생각이 멈추지 않고 계속 생각하겠다는 의미가 들어가 있다. 이불의 테두리를 마무리하면서 이런 감정을 넣은 것은 뛰어난

48

표현이다. 그녀의 뛰어난 문학적 역량은 어디에서 온 것일까? 사랑하는 남편과의 사무치는 이별이 그녀에게 이토록 아름답고 애절한 시상을 제공했을 것이다. 거꾸로 그런 이별의 경험이 없었다면 이런 시가 나올 수 있었을까. 사람의 감정이 얼마나 위대한 것인지 볼 수 있는 시이다.

선제께서는 나라를 세우시고
先帝創業 05

[蜀] 제갈량(諸葛亮; 181~234)

　선제(先帝; 劉備)께서는 나라를 세우시고 천하통일의 꿈을 반도 이루기 전에 돌아가셨습니다. 지금 천하는 셋으로 갈라져 있고, 익주(益州)는 피폐하옵니다. 이는 실로 나라의 존망이 걸린 중차대한 시기입니다.

　그럼에도 안으로 황상을 모시고 호위하는 대신들은 게으름을 피우지 않으며, 밖으로 충절을 지키는 장수들이 자기 한 몸을 잊고 분투하는 것은 선제의 후은(厚恩)을 잊지 않고 보답하려는 것입니다. 실로 폐하의 귀를 여시어 선제께서 남기신 덕을 빛내시고, 뜻있는 인사들이 기개를 떨치게 해야 합니다. 공공연히 자신을 낮추거나 대의에 어긋난 말로 충간의 길을 막아서는 안 됩니다. 궁중과 관부(官府)는 일체이니, 벌을 주고 상을 줌에 차이가 있어서는 안 됩니다. 사악하게 죄를 저지르는 자와 충직하고 선량한 자가 있다면, 관가에 넘겨 그들의 상벌을 논해 폐하의 공정함과 엄명함을 보여주셔야지, 사사로운 정에 이끌려 궁중과 관부의 법도를 달리해서는 안 됩니다.

　시중(侍中)과 시랑(侍郞)인 곽유지(郭攸之)·비위(費褘)·동윤(董允) 등은 모두 선량하고 성실하며, 생각이 깊고 충직한 사람들입니다. 그래서 선제께서 이들을 발탁하시고 폐하께 남기신 것입니다. 생각하옵건대 궁중의 일은 큰일이든 작은 일이든 모두 이들에게 물어보시고 시행하시면 분명 과실과 빈틈이 생기는 것을 막고 보충해 크게 도움이 될 것입니다. 장군 상총(向寵)은 성품이 착하고 행실이 공정하며, 군사(軍事)에 밝습니다. 선제께서 예전에 그를 써보시고 유능하다고 말씀하셨습니다. 그래서 사람들이 상의해 그를 중부독(中部督)으로 천거했던 것입니다. 생각하옵건대 그에게 군영의 일을 물으신다면, 분명히 병사들을 화목하게 만들고, 능력 있는 자와 없는 자들이 합당한 자리를 얻게 될 것입니다. 어진 신하를 가까이 하고 소인을 멀리한 것이 동한(東漢)이 흥하고 융성한 까닭이며, 소인을 가까이하고 어진 신하를 멀리한 것이 서한(西漢)이 기울어지고 쇠한 까닭입니다. 선제께서는 생전에 매번 저와 이 일을 말하시며 (서한의) 환제(桓帝)와 영제(靈帝) 때의 일을 몹시 원통해하고 탄식했습니다. 시중(侍中)·상서(尙書)·장사(長史)·참군(參軍)들은 모두 곧고 어질며 죽음으로 절개를 지킬 신하들이옵니다. 바라옵건대 폐하께서 이들을 가까이 하시고 이들을 믿으신다면, 한실(漢室)의 부흥은 날을 세며 기다릴 수 있을 것이옵니다.

신은 본래 남양(南陽)에서 밭을 갈던 평민으로, 난세에 그저 목숨이나 부지하려고 했을 뿐, 제후들에게 알려져 출세할 것을 바라지 않았습니다. 선제께서는 신을 비천하다 여기지 않으셨습니다. 선제께서는 외람되게도 몸을 낮추시고 세 번이나 신의 초려(草廬)를 찾으시어, 신에게 시국을 물으셨습니다. 이에 신은 감격하여 마침내 선제께 힘을 다해 도울 것을 약속드렸습니다. 후에 국운이 기울어 군사들이 궤멸되었을 때 임무를 받았고, 위급하고 어려울 때 명을 받은 지 벌써 스무 한 해나 되었습니다. 선제께서는 신이 엄격하고 신중하다는 것을 아셨기에 붕어하시 전에 신에게 국가대사를 맡기셨습니다. 명을 받은 후로, 밤낮으로 근심하고 탄식하며, 선제께서 부탁하신 유업을 이루지 못해 선제의 성명(聖明)에 누가 될까 걱정하였습니다. 그래서 5월에 노수(瀘水)를 건너 불모의 땅으로 깊이 들어간 것입니다. 지금은 남쪽이 안정되었고, 병장기와 갑옷도 충분하오니, 마땅히 삼군을 거느리고 북벌하여 중원을 평정해야 할 것입니다. 신은 어리석고 둔한 힘을 다해 간사하고 흉악한 적을 없애고 한 왕실을 부흥하여 옛 도읍으로 돌아가려고 합니다. 이렇게 하는 것이 신이 선제께 보답하는 길이자, 폐하께 충성하는 직분인 것입니다. 손해와 이익을 헤아려 충언을 올리는 것은 곽유지·비위·동윤의 임무입니다. 바라옵건대 폐하께서는 신에게 도적을 토벌해 (한 왕실을) 부흥시키는 성과를 거두게 해주십시오. 성과를 거두지 못한다면, 신의 죄를 다스리시어 선제의 영전에 고해주시옵소서. 덕을 흥성시키는 말이 없다면, 곽유지·비위·동윤 등의 태만을 꾸짖으시고 그들의 허물을 밝히소서. 폐하 자신도 깊이 생각하셔서, 신하들에게 좋은 방도를 물으시고, 좋은 말을 살펴 받아들입시오. 선제께서 남기신 말을 잊지 않고 깊이 되새기신다면, 신이 황은에 감읍하여 마지않겠습니다. 지금 곧 멀리 떠나며 이 표문(表文)을 올리니 눈물이 앞을 가려 무슨 말을 더 해야 할 지 모르겠습니다.

❖ ≪출사표(出師表)≫

先帝創業未半而中道崩殂, 今天下三分, 益州罷敝, 此誠危急存亡之秋也. 然侍衛之臣不懈於內, 忠志之士 忘身於外者, 蓋追先帝之殊遇, 欲報之於陛下也. 誠宜開張聖聽, 以光先帝遺德, 恢弘志士之氣, 不宜妄自菲薄, 引喩失義, 以塞忠諫之路也. 宮中府中, 俱爲一體, 陟罰臧否, 不宜異同. 若有作奸犯科及爲忠善者, 宜付有司論其刑賞, 以昭陛下平明之理, 不宜偏私, 使內外異法也. 侍中、侍郎郭攸之、費禕、董允等, 此皆良實, 志慮忠純, 是以先帝簡拔以遺陛下. 愚以爲宮中之事, 事無大小, 悉以咨之, 然後施行, 必能裨補闕漏, 有

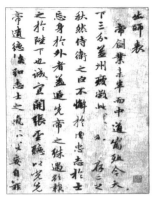

《출사표》의 일부분

所廣益. 將軍向寵, 性行淑均, 曉暢軍事, 試用於昔日, 先帝稱之曰能, 是以衆議舉寵爲督. 愚以爲營中之事, 悉以咨之, 必能使行陳和睦, 優劣得所. 親賢臣, 遠小人, 此先漢所以興隆也; 親小人, 遠賢臣, 此後漢所以傾頹也. 先帝在時, 每與臣論此事, 未嘗不嘆息痛恨於桓、靈也. 侍中、尚書、長史、參軍, 此悉貞亮死節之臣也. 願陛下親之信之, 則漢室之隆, 可計日而待也. 臣本布衣, 躬耕於南陽, 苟全性命於亂世, 不求聞達於諸侯, 先帝不以臣卑鄙, 猥自枉屈, 三顧臣於草廬之中, 諮臣以當世之事,

由是感激, 遂許先帝以驅馳. 後値傾覆, 受任於敗軍之際, 奉命於危難之間, 爾來二十有一年矣. 先帝知臣勤愼, 故臨崩寄臣以大事也. 受命以來, 夙夜憂慮, 恐付託不效, 以傷先帝之明. 故五月渡瀘, 深入不毛. 今南方已定, 兵甲已足, 當獎率三軍, 北定中原, 庶竭駑鈍, 攘除姦凶, 以復興漢室, 還於舊都, 此臣所以報先帝, 而忠陛下之職分也. 至於斟酌損益, 進盡忠言, 則攸之、禕、允之任也. 願陛下託臣以討賊興復之效; 不效, 則治臣之罪, 以告先帝之靈. 若無興德之言, 則責攸之、禕、允等之慢, 以彰其慢. 陛下亦宜自謀, 以諮諏善道, 察納雅言. 深追先帝遺詔, 臣不勝受恩感激, 今當遠離, 臨表涕零, 不知所言.

탁본한 제갈량의 필적

✿ 《출사표(出師表)》와 《제갈량집(諸葛亮集)》

"출사"란 출병한다는 의미이고, "표"는 신하가 임금에게 올리는 글을 말한다. "출사표"란 군사를 출병하기 위해 임금에게 올리는 글이라고 할 수 있다. 이 《출사표》는 원래 《삼국지(三國志)·촉서(蜀書)·제갈량전(諸葛亮傳)》(권35)에 인용되어있다. 후에 그가 사망한 지 40년 후인 진(晉) 무제(武帝) 태시(泰始) 10년(274)에 저작랑(著作郞) 진수(陳壽)가 편찬한 《제갈량집(諸葛亮集)》

54

24편에 수록되었다. 그런데 이 ≪제갈량집≫은 후대로 오면서 실전되고 만다. 지금 우리가 보는 ≪제갈량집≫은 명·청대 문인들이 여러 서적이나 문서에서 집록한 것이다. 이중에서 청나라 사람 장주(張澍)의 ≪제갈충무후문집(諸葛忠武侯文集)≫이 가장 뛰어난 판본으로 평가받는다.

❀ 유비(劉備)와의 깊은 인연

제갈량은 제갈공명(諸葛孔明)으로 잘 알려져 있다. 이때 "공명"은 그의 자이다. 그는 서주(徐州) 낭야군(琅琊郡) 양도현(陽都縣) 사람이다. 어려서 부모를 여의고, 숙부 제갈현(諸葛玄)을 따라 양양(襄陽)으로 갔다. 17살 때 숙부마저 병으로 세상을 떠나자 양양의 서쪽 교외에 있는 융중(隆中)에 은거하며 살았다. 제갈량과 유비의 인연은 제갈량이 은거하던 시절 유비가 그의 재능이 뛰어나다는 소문을 듣고 그의 초려로 찾아오면서 시작된다. 유비는 그의 초려를 세 번이나 방문한 끝에 그를 만나고 마침내 그를 세상에 나오게 하였다. 이로 유비와 무수한 고난과 역경을 거치면서 촉한(蜀漢)이라는 나라를 세우고 한나라 황실을 부흥하려는 꿈을 꾼다. ≪출사표≫의 내용을 이해하려면 유비와 제갈량의 관계가 어느 정도였는지를 알아야 하는데 이를 잘 보여주는 이야기가 유비의 임종 때이다. ≪삼국연의(三國演義)≫ 제85회를 보자.

선주가 울며 말했다. "그대의 재능은 조비(조조의 둘째 아들)보다 열 배나 뛰어나니, 반드시 나라를 안정시키고 대사를 이룰 수 있을 것이오. 만일 나의 뒤를 이은 아들이 보좌할 만하면, 그를 보좌하시오! 만일 그가 재능이 없다면, 그대가 친히 성도의 주인이 되시게." 제갈량은 다 듣고 나서 온 몸에 땀을 흘리며 손과 발을 어찌 해야 할 지 몰라 울며 땅에 절하며 말했다. "신이 어찌 다리와 팔의 힘을 다하고, 충정의 절개를 바쳐 죽음으로 잇지 않을 수 있겠습니까?" 다 울고 나서 머리를 땅에 부딪치니 두 눈에서 피가 흘렀다. 선주는 또 제갈량을 평상에 앉게 했다. 선주는 아들 노왕 유영과 양왕 유리를 가까이 오게 하여 분부했다. "너희들은 짐의 말을 잘 새겨 두거라. 내가 죽고 나면, 너희 삼형제들은 승상을 아버지로 모셔야 한다. 조금이라도 태만하다면, 하늘과 사람들이 너희 불효자들을 죽일 것이다!" 선주는 또 제갈량에게 말했다. "승상, 앉으시오. 짐의 아들들이 승상께 아버지로서 절을 할 것이오."(先主泣曰: "君才十倍曹丕, 必能安國而成大事. 若嗣子可輔, 則輔之. 如其不才, 君可自爲成都之主." 孔明聽畢, 汗流遍體, 手足失措, 泣拜于地曰: "臣安敢不竭股肱之力, 效忠貞之節, 繼之以死乎?" 泣訖, 以頭叩地, 兩目流血. 先主又請孔明坐于榻上. 先主喚子魯王劉永、梁王劉理近前, 分付曰: "爾等皆記朕言. 朕亡之後, 爾兄弟三人皆以父事丞相, 稍有怠慢, 天人共誅爾等不孝之子!" 先主又與孔明曰: "丞相請坐, 朕兒拜卿爲父.")

문장을 읽고 있노라면 눈물이 글썽인다. 유비가 제갈량을 어느 정도로 생각했는지 알 수 있는 대목이다. ≪출사표≫에 나오는 제갈량의 간곡하면서도 근심어린 심정과 감회는 유비가 자신에게 베풀어준 은덕을 유비의 아들 후주 유선을 통해 꼭 보답하고자 하는 마음이 녹아들어가 있다.

❁ 사마의(司馬懿 ; 179~251)의 좌천과 제갈량의 출병

유비가 죽고 아들 유선이 223년에 촉한의 2대 황제로 등극했다. 역사에서는 유비를 선주(先主), 유선을 후주(後主)라고 한다. 그러나 제위에 올랐을 때 유선의 나이는 이제 겨우 17살이었다. 위·촉·오가 삼분해있는 절체절명의 시기를 헤쳐 나가기에는 어린 나이였다. 유선은 제갈량의 보좌를 받아 사마의의 공세를 이겨냈고 남만정벌을 했다. 제갈량은 유비의 유지를 받아 한 왕실의 부흥을 꿈꾸며 위나라를 토벌할 기회를 엿보고 있었다. 그런데 위나라는 자신의 강력한 라이벌 사마의가 위나라의 3대 임금 명제(明

帝) 조예(曹睿)를 보좌하고 있었다. 제갈량은 조예가 사마의의 충정을 의심한다는 첩보를 듣고, 사람을 동원해 업성(鄴城)의 성문에 사마의가 모반을 일으키려한다는 글을 붙였다. 소식을 들은 조예는 사마의를 불러들여 병권을 회수하고 폄적시켜 버렸다. 이 소식은 들은 제갈량은 "지금 계책에 걸려들어 그를 폄적시켜버렸으니, 내가 무엇을 걱정하리?(今旣中計而貶之, 吾有何憂也)."라고 했다. 그 다음날 제갈량은 조정의 신료들이 모인 자리에서 후주 유선에게 이 ≪출사표≫를 올렸다. ≪출사표≫를 본 유선과 신료들은 남만(南蠻)을 정벌한 지 얼마 되지 안 되었는데 또 북벌을 한다는 것은 무리라는 이유로 반대했다. 그러나 제갈량은 이 기회를 놓칠 수 없었다. 그는 국사를 곽유지(郭攸之)·비위(費褘)·동윤(董允)·상총(向寵)에게 맡기고, 출정할 군사들을 조정하여 결국 건흥(建興) 5년(227) 춘 3월 병묘일(丙卯日)에 출병했다. 이때 제갈량과 함께 출정한 장수로는 조자룡(趙子龍)·위연(魏延)·등지(鄧芝)와 같은 명장들이 있었다. 출병하는 날, 후주와 문무백관들은 북문 밖 10리까지 배웅해주었고, 길가의 백성들은 밥과 국을 준비하여 군사들을 맞이해주었다고 한다.

제갈량(諸葛亮; 181~234)의 모습

자는 공명(孔明), 호는 와룡(臥龍)이고, 서주(徐州) 낭야(琅琊) 양도(陽都) 사람이다. 동한 말 유비를 도와 촉한(蜀漢)을 건국하였다. 221년 유비가 제위에 오르자 승상에 취임하였다. 유비 사후 유선(劉禪)을 보좌하여 촉한을 다스렸다. 227년부터 지속적인 북벌(北伐)을 일으켜 8년 동안 5번에 걸쳐 위(魏)나라 지역을 공략하였다. 234년 5차 북벌 중 오장원(五丈原)의 진중에서 54세의 나이로 병사하였다. 중국 역사상 지략과 충의의 전략가로 많은 이들의 추앙을 받고 있다. 그가 북벌을 시작하면서 유선에게 올린 출사표(出師表)는 "보고 울지 않으면 충신이 아니다"라고 평가받는 명문으로 꼽힌다.

✿ "≪출사표≫를 읽고 눈물을 흘리지 않는 사람은 충신이 아니다"

≪출사표≫는 출병의 당위성과 후주 유선에게 나라를 다스리는 바른 길과 인재등용에 대해 당부하는 말이 구구절절 녹아있어 사람의 심금을 울린다. 남송의 문인 안자순(安子順; 1158~1227)은 ≪빈퇴록(賓退錄)≫에서 "≪출사표≫를 읽고 눈물을 흘리지 않는 사람은 충신이 아니다(讀≪出師表≫不哭者不忠)."라고 했을 정도였다.

종정백이 귀신을 잡아 팔다

宗定伯捉鬼賣鬼 06

[魏] 조비(曹丕; 187~226)

남양(南陽) 사람 종정백(宗定伯)이 젊었을 때 밤길
을 가다가 귀신을 만났다. 정백이 물었다.

"누구시오?"

귀신이 말했다.

"귀신이오."

귀신이 또 말했다.

"당신은 누구시오?"

정백이 귀신을 속이며 말했다.

"나도 귀신이오."

귀신이 물었다.

"어디로 가오?"

정백이 대답했다.

"완현(宛縣)의 저자거리에 가오."

귀신이 말했다.

"나도 완현의 저자거리에 가오."

종정백이 귀신을 만나는 장면

59

두 사람은 함께 몇 리를 갔다. 귀신이 말했다.

"걷는 것은 너무 힘드오. 번갈아가며 업기로 하오."

정백이 말했다.

"그거 좋은 생각이오."

귀신이 먼저 정백을 업고 몇 리를 걸었다. 귀신이 말했다.

"그대는 너무 무겁소! 귀신이 맞소?"

정백이 말했다.

"나는 방금 죽은 귀신이라서 무거운 것이오."

정백은 자기 차례가 되자 귀신을 업었다. 귀신은 거의 무게가 없었다. 이렇게 두 세 번을 번갈아가며 업었다. 정백이 다시 말했다.

"나는 방금 죽은 귀신이라서 귀신들이 무엇을 두려워하는지 모르오?"

귀신이 말했다.

"사람들이 침을 뱉는 것을 좋아하지 않소."

두 사람은 함께 길을 가다가 강을 만났다. 정백은 귀신에게 먼저 강을 건너가게 했다. 귀신이 강을 건너는데 소리가 하나도 들리지 않았다. 정백이 강을 건너자 첨벙첨벙하고 소리가 났다. 귀신이 다시 말했다.

"왜 물소리가 나는 것이오?"

정백이 말했다.

"방금 죽은 귀신이라서 강을 건너는데 익숙지 않아서 그런 것이니 이상하게 여기지 마시오!"

완현의 저자거리에 다 왔을 무렵, 정백은 귀신을 머리 위에 올려놓고 재빨리 잡았다. 귀신은 소리 지르며 내려달라고 했으나 정백은 그의 말을 듣지 않았다. 곧장 완현의 저자거리로 가서 땅에 내려놓으니 양으로 변했다. 정백은 양을 팔고, 그것이 귀신으로 변할까 두려워 침을 뱉었다. 정백은

1,500전을 받고 돌아갔다. 당시에 이런 말이 있었다: "정백이 귀신을 팔아 1,500전을 벌었다."

✤ 《열이전(列異傳)·종정백착귀매귀(宗定伯捉鬼賣鬼)》(권16)

南陽宗定伯, 年少時, 夜行逢鬼. 問曰: "誰?" 鬼曰: "鬼也." 鬼曰: "卿復誰?" 定伯欺之, 言: "我亦鬼也." 鬼問: "欲至何所?" 答曰: "欲至宛市." 鬼言: "我亦欲至宛市." 共行數里. 鬼言: "步行大亟, 可共迭相擔." 定伯曰: "大善." 鬼便先擔定伯數里. 鬼言: "卿大重! 將非鬼也?" 定伯言: "我新死, 故重耳." 定伯因復擔鬼, 鬼略無重. 如其再三. 定伯復言: "我新死, 不知鬼悉何所畏忌?" 鬼曰: "唯不喜人唾." 于是共道遇水. 定伯因命鬼先渡; 聽之了無聲. 定伯自渡, 漕漼作聲. 鬼復言: "何以作聲?" 定伯曰: "新死不習渡水耳, 勿怪!" 行欲至宛市, 定伯便擔鬼至頭上, 急持之. 鬼大呼, 聲咋咋, 索下. 不復聽之, 徑至宛市中, 著地化爲一羊. 便賣之, 恐其變化, 乃唾之, 得錢千五百, 乃去. 于時言: "定伯賣鬼, 得錢千五百."

❀ 조비(曹丕 ; 187~226)와 《열이전(列異傳)》

《종정백이 귀신을 잡아 팔다(宗定伯捉鬼賣鬼)》는 원래 위(魏) 문제(文帝) 조비가 편찬한 《열이전(列異傳)》이라는 이야기책에 수록되어 있었다. 그런데 이 책은 전래되는 과정에서 실전되었다. 다행히 책 속의 몇몇 이야기들이 다른 문헌에 수록되어 전해왔다. 이를 노신(魯迅)이 위(魏)·진(晉) 시기의 소설을 모아 편집한 《고소설구침(古小說鉤沈)》에 수록하면서 알려졌다.

조비의 자는 자환(子桓)이며, 조조(曹操)의 둘째 아들이자 조식(曹植)의 형이 된다. 동한(東漢) 연강(延康) 원년(220)에 칭제하여 위나라로 국호를 바꾸었다. 때문에 역사에서는 그를 위 문제라고 부른다. 어려서 아버지 조조의 영향

61

조비(曹丕; 192~232)의 모습

자는 자환(子桓)으로, 조조의 둘째 아들이자 위(魏)나라의 개국황제. 어릴 때부터 문재가 뛰어났고 제가백가에 정통했다. 오언시에도 뛰어나 아버지 조조·동생 조식(曹植)과 더불어 "삼조(三曹)"로 불린다. 그의 대표작 ≪연가행(燕歌行)≫은 풍부한 감정을 섬세하게 묘사하여 상당한 예술적 성취를 거둔 명작으로 평가받는다. 이밖에 현재 40수 정도의 시가 전수되고 있다.

으로 시·경전·제자백가들을 두루 섭렵하였다. 그래서인지 동진(東晉)사람 갈홍(葛洪; 284~364)은 조비를 이렇게 평했다.

위 문제는 많은 책을 보고 견문이 넓어 스스로 모르는 것이 없다고 여겼다(魏文帝窮覽洽聞, 自呼於物無所不經).(≪포박자내편(抱樸子內篇)·논선편(論仙篇)≫)

황태자와 황제를 지낸 인물이 이런 귀신 이야기에 관심이 많다는 것은 의외라는 생각이 드는데 갈홍의 평가를 보면 이해가 간다.

≪열이전≫이라는 서명은 ≪수서(隋書)·경적지(經籍志)≫에 처음으로 보이는데, 위 문제 조비가 지었다고 했다. 아울러 책의 내용을 "귀신이나 기이한 일을 적었다(序鬼物奇怪之事)."라고 소개하고 있다. 이후 남조(南朝)의 진(陳)·수(隋)·초당(初唐)에서 관리를 지냈던 우세남(虞世南; 558~638)도 ≪북당서초(北堂書鈔)≫에서 위 문제가 지었다고 했다. 그러다 오대(五代) 시기 후진(後晉)의 유구(劉昫)가 편찬한 ≪구당서(舊唐書)·경적지≫에서는 장화(張華; 232~300)가 지은 것이라고 했다. ≪열이전≫의 내용을 보건대, 두 명의 인물이 위 문제 조비 이후의 인물인 것으로 보아 유전되는 과정에서 후인의 작품이 더 들어간 것으로 추정된다. ≪열이전≫은 실전되었지만 그 이야기들은 여러 문헌을 통해 전해온다. 현재 전해오는 작품은 약 20여 편 정도이다. 이중 송대 편찬된 ≪태평광기(太平廣記)≫와 ≪태평어람(太平御覽)≫에 20편이 전하고, ≪수경주(水經注)≫·≪문선(文選)≫ 등에 부

분적인 이야기들이 보인다. 그 내용은 대부분 귀신과 저승에 관련된 이야기들이다.

이 이야기는 동진(東晉)의 간보(干寶; 283~351)가 편찬한 ≪수신기(搜神記)≫(권16)에도 보인다. 간보는 자가 영승(令升)이고, 신채(新蔡)(지금의 河南省 新蔡縣) 사람이다. 그는 현령(縣令)·태수(太守)·산기상시(散騎常侍) 등의 여러 관직을 지냈고, 사서(史書) ≪진기(晉紀)≫를 편찬할 정도로 학식이 뛰어났다. 다만 ≪수신기≫에는 ≪송정백이 귀신을 팔다(宋定伯賣鬼)≫로 나오는데 ≪열이기≫와 비교했을 때 몇 글자만 다를 뿐 거의 일치한다. 등장인물의 성씨 "종(宗)"이 "송(宋)"으로 된 것은 글자가 비슷해서 필사하는 과정에서 생긴 오류가 아닌 가 싶다.

🌸 위진남북조(魏晉南北朝)의 소설 ─ 지괴소설(志怪小說)

≪종정백이 귀신을 잡아 팔다≫는 문학사에서 지괴소설로 분류된다. "지괴소설"이란 신선이나 귀신같은 기이한 이야기들을 기록해놓은 작품을 말한다. 보통 한 편의 글자 수는 수 백자로 되어있고 산문체 형식을 띠고 있다. "소설"이란 명칭이 붙었지만 지금의 "소설"과는 상당한 거리가 있다. 지괴소설은 책이나 사람의 입에서 전해오는 기이한 이야기를 적은 것에 불과했다. 당시에는 작가들이 소설을 쓴다는 개념이 없었고, 또 그에 맞는 치밀한 구성과 인물설정 등 현대 소설에 필요한 요소들이 갖춰지지 않았다. 노신은 이 지괴소설을 이렇게 평가했다.

육조 때의 사람들이 괴이한 일을 기록한 것은 대체로 오늘날 새로운 소문을 적는 것과 같은 것이다. 당시에는 의도적으로 소설을 짓지 않았다(六朝人之志怪, 却大抵一如今日之記新聞, 在當時幷非有意做小說).

63

지괴소설은 정식적인 소설 창작은 아니지만 이것이 괴이한 일을 기록하고 있고 산문의 형태를 띠며 소설의 초보적 형태를 갖고 있기 때문에 중국소설의 원류가 된다. 대표적인 지괴소설로는 위의 ≪열이기≫와 ≪수신기≫ 외에 유의경(劉義慶; 403~444)의 ≪유명록(幽明錄)≫ 등이 있다. "지괴소설" 외에 위진남북조 시기 또 다른 초보적 소설 형태를 띠고 있는 형식이 지인소설(志人小說)이다. "지인소설"이란 사람의 일을 기록한 이야기를 말한다. 이 역시 인물들 간의 복잡한 이야기가 아니라 인물의 습관과 행동 등과 같은 소소한 일들을 기록한 것이다. 대표적인 저작으로는 유의경의 ≪세설신어(世說新語)≫가 있다.

✿ 해학성과 기발함

이 이야기는 위진남북조의 지괴소설 중에서 손꼽히는 작품이다. 마치 한 편의 옛날 이야기를 보는 듯하다. 귀신 이야기는 예로부터 사람의 입에서 입으로 전해오는 경우가 많았다. 본편도 이렇게 전해지다 문인들에 의해 채록되어 지금까지 전해진 경우라고 하겠다. 내용을 보면 문학성보다는 작품의 해학성과 기발함이 눈에 들어온다. 해학성은 종정백과 귀신이 서로 누구인지를 묻는 장면과 업어주기를 하는 장면에서 이를 볼 수 있다. 기발함은 귀신이 종정백의 정체를 묻는 장면에서 종정백이 "나는 방금 죽은 귀신이오."라고 대답한 것과 종정백이 귀신에게 가장 두려워하는 것을 묻는 장면, 귀신을 시장에 파는 장면 등은 아주 기발한 설정이었다. 읽고 나면 귀신을 이렇게까지 속이고 심지어 팔아먹을 수도 있겠다는 생각이 든다. 귀신하면 무서운 존재로만 알았는데 이 작품 속에서는 귀신은 친근하면서 심지어 어리석은 존재로 보인다. 귀신에 대한 인식이 많이 바뀔 것 같다는

64

생각이 든다. 문명이 발달하지 않았던 위·진 시기의 백성들도 귀신의 존재를 두려워했을 것이다. 본편은 귀신은 두려워할 필요가 없는 존재이며, 설사 귀신을 만나게 된다면 이를 잘 이용한다면 위험에서 빠져나올 수 있다는 점을 알려주는 작품이라고 할 수 있다.

❀ 귀신이 가장 두려워하는 것

이야기에서 종정백이 귀신에게 가장 두려워하는 것이 무엇이냐고 묻자 귀신은 사람이 뱉는 침이라고 대답한다. 귀신들은 왜 하필 "사람의 침"을 두려워할까? 의문이 생기지 않을 수 없다. 여기에 두 가지 설을 소개한다. 고대에는 신에게 제물을 받칠 때 침을 뱉어 올렸다는 말이 있다. 침은 사람의 몸에서 나오는 것이기 때문에 사람들은 침에 그 사람의 영혼이 들어가 있다고 여겼다. 그래서 제단에 침을 뱉는 것은 신에게 사람의 영혼을 바치는 것과 같은 것이 된다. 사람들은 침을 바쳐 신에 대한 경외감을 나타내고 신이 자신을 보호해줄 것이라는 믿음을 가졌던 것이다. 사실 고대에 침 뱉기는 신성한 의식이었다고 할 수 있다. 또 하나는 악한 눈을 가진 귀신에 대한 믿음이 널리 퍼졌던 지중해 연안 국가들에서는 침 뱉기가 귀신에 대한 액 막음이었다. 누군가 악한 눈의 귀신에 의해 고생하고 있으면, 사람들은 땅에 침을 뱉어 그 영향력이 가까이 오는 것을 방지했다고 한다.

침 뱉기는 신에게 자신의 영혼의 일부를 바치는 신성한 행위도 되고, 귀신 들린 자를 물리치는 역할도 한 것이다. 종정백의 이야기에서 나오는 침은 후자에 해당된다.

65

고목이 바다 메울 날을 기다리고

枯木期塡海 07

[南朝·梁] 유신(庾信; 513~581)

변방에는 고향 소식 끊어지고,

한나라 사신도 지나가지 않네.

호가(胡笳)는 슬픈 곡 연주하고,

강적(羌笛)은 애끓는 노래 부르네.

가는 허리에 흰 허리띠 느슨해졌고,

이별의 눈물로 고운 눈매 상했네.

한스러운 마음 어찌해도 사라지지 않고,

젊은 얼굴은 다시 오지 않으리.

고목이 바다 메울 날을 기다리고,

청산이 황하를 끊길 바라는 것과 같네.

❀ 《의영회(擬詠懷)》(7)

楡關斷音信, 漢使絶經過.

胡笳落淚曲, 羌笛斷腸歌.

纖腰減束素, 別淚損橫波.

恨心終不歇, 紅顏無復多.
枯木期塡海, 靑山望斷河.

❀ 육조(六朝) 문학의 집대성자

유신은 남조 양(梁)나라 사람으로 북조 서위(西魏)에서 벼슬한 정치가이자
문인이다. 문인으로서 그는 육조 문학을 집대성했다는 평가를 받는다. 그는
대우·전고 같은 남조의 표현기법으로 북방의 광활한 풍경·거칠고 소박
한 변방의 모습을 비롯한 자신의 고국에 대한 그리움과 망국의 한을 그려
내어 남북의 문풍 교류와 융합에 큰 기여를 했다. 그는 42세 때 망국을 경
험했다. 조국 양나라가 서위(西魏)에게 멸망당한 것이다. 이 시기를 기점으로
그의 시풍은 완전히 나누어졌다. 망국의 경험이 그의 시풍에 얼마나 많은
변화를 가져주었는지 알 수 있다.

❀ 조국을 패망시킨 나라에서 평생 벼슬함

유신은 강남의 아주 명망 있는 가문에서 태어났다. 부친 유견오(庾肩吾)는
양나라의 유명한 문인이었다. 유신은 어려서 자질이 뛰어나고 근면했다. 15
세 때 양나라 소명태자(昭明太子) 소통(蕭統; 501~531)의 동궁시독(東宮侍讀)이 되
었다. 유신은 20세 때 상동왕시랑(湘東王侍郞)을 시작으로 관직에 나아갔다.
그리고 대동(大同) 11년(545)에는 동위(東魏)로 사신으로 나가 문재를 떨치고
돌아왔다. 태청(太淸) 원년(547) 동위의 사도(司徒) 후경(侯景)이 양나라에 투항
했다가 반란을 일으켰다. 간문제(簡文帝) 소강(蕭綱; 503~551)은 유신에게 천
여 명의 병력으로 막도록 했다. 그러나 유신은 후경의 병사들이 도착하자

68

군사를 버리고 달아나버렸다. 전쟁에서 패한 유신은 강릉(江陵)으로 달아났다. 552년 원제(元帝) 소역(蕭繹; 508~555)이 강릉에서 즉위했다. 유신은 그에게 기탁하여 어사중승(御史中丞) 등의 관직을 제수 받았다. 승성(承聖) 3년(554) 4월 유신은 명을 받들어 서위로 사신으로 갔다. 유신이 장안에 도착한 지 얼마 되지 않아 서위는 군사를 보내 강릉을 함락하고 원제를 살해했다. 이로써 양나라는 패망했다. 유신의 《애강남부(哀江南賦)》를 보면 당시의 심정과 처지를 이렇게 쓰고 있다.

華陽奔命,	강릉에서 명을 받아 서위에 사신으로 왔는데,
有去無歸,	돌아갈 수 없게 되었다.
中興道銷,	양나라 중흥의 길은 사라지고,
窮於甲戌,	(승성 3년) 갑술년(554)에 모든 것이 끝나버렸네.
三日哭於都亭,	사흘 간 정자에서 통곡하였고,
三年囚於別館.	3년 동안 별관에 갇혀 지냈네.

서위에서 오도 가도 못한 처지가 된 유신은 서위의 실권자인 우문태(宇文泰; 507~556)의 보살핌을 받아 결국 서위에서 출사했다. 이후로 그는 다시는 남조로 돌아가지 못했다. 이때 그의 나이 42세였다. 이런 변화는 그의 인생 자체를 송두리째 바꿔났다. 시풍도 화려하고 농염한 것에서 비통하고 애절한 것으로 바뀌었다. 읊은 내용도 망향의 정과 망국의 비애가 잘 나타나 있다. 두보도 《희위육절구(戱爲六絶句)》에서 그의 시풍변화를 "유신의 글은 늙어서 더욱 완숙해져, 구름에 닿을 듯한 웅건한 필치로 종횡무진 뜻을 펼친다(庾信文章老更成, 凌雲健筆意縱橫)."라고 하여 서위에 출사한 이후의 시를 높이 평가했다. 이 시기에 나온 대표작품이 《의영회(擬詠懷)》 27수이다. 대부분이 주(周) 무제(武帝) 보정(保定) 3년(563)에서 보정 5년(565) 사이에 유신이 홍농군수(弘農郡守)로 있을 때 지어졌다. 내용은 고향을 그리는 마음과 조국 양

나라가 패망한 것에 대한 고통스런 심정을 피력했다.

🌸 고국을 그리는 정이 잘 나타난 ≪의영회(擬詠懷)≫

위의 시는 ≪의영회≫ 27수 중 일곱 번째 시이다. 시에는 고국과 가족을 그리는 마음은 간절하나 어찌 할 수 없는 작가의 마음이 구구절절 녹아있다. 특히 마지막 제9구와 제10구는 신화 속의 정위(精衛) 새가 나무로 동해를 메운다는 정위전해(精衛塡海) 고사와 화산(華山)이 이어져 황하의 물길이 끊긴다는 화산단하(華山斷河) 이야기를 인용해 고목이 바다를 메우거나 화산이 다시 합해지는 것만큼이나 고국으로 돌아가는 일이 불가능한 것임을 체념적으로 받아들이고 있다. 유신은 이처럼 서위에서 출사하면서 이전의 시풍과 다른 훨씬 더 감정에 충실한 시를 지어냈다. 이렇게 되면서 그의 시는 강한 생명력을 갖게 되었다. 망국을 경험하고 자신의 고국을 패망시킨 나라에서 벼슬한 유신은 누구도 느껴보지 못한 깊은 고통 속에서 ≪의영회≫와 ≪애강남부(哀江南賦)≫ 같은 문학사에 길이 남을 명작들을 지어냈다.

유신(庾信)의 인물화

남북조시대의 정치가이자 문인. 자는 자산(子山)이며, 남양(南陽) 신야(新野; 지금의 河南省 新野縣) 사람이다. 제나라와 양나라 때 궁체시의 명수로 이름을 날렸던 유견오(庾肩吾)의 아들로 42세 때 양 원제(元帝)의 사신으로 서위(西魏)에 가 있는 동안 양나라는 멸망하여 서위에서 출사하였다. 이를 기점으로 그의 시풍은 일변하게 되는데 전기의 시는 화려하고 염려한 궁체시를 많이 쓴 반면 후기의 시는 망국의 한과 고향으로 돌아가고 싶은 마음을 토로한 시들이 많다. 대표작품으로는 ≪애강남부(哀江南賦)≫·≪의영회(擬詠懷)≫ 27수 등이 있다.

늘어뜨린 만 가지는 푸른 띠가 되었네

萬條垂下綠絲縧

[唐] 하지장(賀知章; 659~744)

08

높은 버드나무 푸른 옥으로 치장하고,
늘어뜨린 만 가지는 푸른 띠가 되었네.
여린 잎은 누가 잘랐나,
가위 같은 2월의 봄과 바람이겠지.

❖ ≪영류(詠柳)≫

碧玉妝成一樹高, 萬條垂下綠絲條.
不知細葉誰裁出, 二月春風似剪刀.

❀ ≪회향우서(回鄕偶書)≫의 작가

하지장은 당 현종(玄宗) 때의 관리이자 시인으로, 예부시랑(禮部侍郞)·집현원학사(集賢院學士)·태자빈객(太子賓客) 등의 관직을 역임했다. 우리에게는 ≪회향우서≫의 작가로도 친숙하다. 그는 사람됨이 호탕하고 예절에 얽매이지 않았으며 음주를 좋아하였다. 때문에 당시 이백·장욱(張旭) 등과 함께 "음

71

하지장(賀知章; 659~744)의 모습

당나라의 시인. 자는 계진(季眞), 호는 사명광객(四明狂客)이고, 월주(越州) 영흥(永興) 사람이다. 증성(證聖) 연간에 진사가 되고 여정전서원수서(麗正殿書院修書)로 들어가 ≪문전(文典)≫과 ≪문찬(文纂)≫을 지었다. 후에 예부시랑(禮部侍郞)과 비서감(秘書監)을 지냈다. 천보(天寶) 3년(744)에 낙향하여 도사가 되었다. ≪전당시(全唐詩)≫에 시 19수가 전하며 그의 시는 경물을 읊은 시가 많고 참신하고 통속적이라는 평가를 받는다.

중팔선(飮中八仙)"으로 불렸다. 그의 시는 현재 19수가 전하는데 이중 7언 절구가 뛰어나다.

❀ 이백과의 인연

하지장의 문학을 말할 때 이백과의 인연을 빼놓을 수 없을 듯하다. 이백의 문재를 알아보고 극찬한 사람이 바로 하지장이었다. 당 천보 원년 하지장은 수도 장안의 한 도관(道觀)에서 우연히 이백을 만났다. 평소 이백의 시를 읽고 흠모했던 하지장은 이백에게 근래에 새로 지은 시가 있는지 물었다. 이백은 그의 유명한 ≪촉도난(蜀道難)≫을 하지장에게 보여주었다. 하지장은 시를 다 읽고 "그대는 이 세상 사람이 아니네. 태백성의 정령이 아닌가!(公非人世之人也. 可不是太白星精耶!)"라고 감탄했다. 저녁 무렵, 하지장은 이백에게 술대접을 하려고 객점에 갔는데 마침 돈을 갖고 오지 않았다. 하지장은 하는 수 없어 허리춤에 찬 금제 거북을 술값으로 내려했다. 그러자 이백은 말리며 황가에서 내린 물건을 술값으로 내서는 안 된다고 하였다. 두 사람은 약간 취기가 돌 무렵 헤어졌다. 후에 하지장은 현종에게 이백을 추천하였다. 하지장이 세상을 떠나자 이백은 혼자 술을 마시다 당시 하지장이 금제 거북을 술값으로 내려던 일이 생각나 ≪술을 대하니 하 어른이 생각나서(對酒憶賀監)≫ 2수를 지었다. 그 중 첫 수를 감상해본다.

四明有狂客,	사명산에 광인이 계셨으니,
風流賀季眞.	노닐 줄 아는 하계진이시네.
長安一相見,	장안에서 처음 만나,
呼我謫仙人.	나를 귀양 온 신선이라 부르셨고.
舊好杯中物,	예전에 술을 좋아하셨으나,
令爲松下塵.	지금은 소나무 아래 티끌이 되셨네.
金龜煥酒處,	금제 거북을 술로 바꿨던 때가,
却憶淚沾巾.	불현듯 그리워 눈물로 수건을 적시네.

이백에게 낯선 장안에서 자신의 문재를 알아주고 술을 대접했던 하지장
은 너무나 고마웠던 존재였을 것이다. 참고로 이 시에서 "사명광객"은 하
지장이 고향의 사명산을 그리워 스스로 이름 한 것이고, "계진"은 그의 자
이다.

❀ 멋들어지게 사용된 "벽옥(碧玉)" 전고

시는 푸릇푸릇한 봄버들의 모습을 읊고 있다. 이 시에서 첫 구의 "벽옥(碧
玉)" 전고가 멋지게 쓰였다. "벽옥"의 원의는 "푸른 옥돌"이나 이곳에서는
다른 의미를 갖고 있다. ≪악부시집(樂府詩集)≫(권45)에 수록된 남조(南朝)의
악부(樂府) ≪벽옥가삼수(碧玉歌三首)≫ 해제는 ≪악원(樂苑)≫을 인용하여 이렇
게 말하고 있다.

> ≪벽옥가≫는 송나라의 여남왕이 지은 것이다. 벽옥은 여남왕의 첩 이름이다.
> 총애가 깊어 그녀를 노래한 것이다(≪碧玉歌≫者, 宋汝南王所作. 碧玉, 汝南王妾名. 以
> 寵愛之甚, 所以歌之).

따라서 "벽옥"의 또 다른 의미는 여남왕이 총애했던 첩 이름이라고 할

수 있다. 그리고 ≪벽옥가≫ 세 번째 시의 "벽옥이 박을 깰 때, 사내는 마음이 어수선했네(碧玉破瓜時, 郎爲情顚倒)."라고 했다. "박을 깬다."는 의미의 "파과(破瓜)"는 여자 나이 16세를 의미하는 말이다. "과"자를 해체하면 여덟 "팔(八)"자 두 개인 모양이 나오는데 이것이 16을 나타내기 때문이다. 그러니 여남왕은 16살의 여인에 빠져서 그녀를 첩으로 받아들인 것이다. 그래서 이 "벽옥"이라는 말은 후에 아주 젊은 여인을 의미하는 말로 전용된다. 이것이 "벽옥" 전고의 의미와 관련된 내용이다. 다시 시로 돌아와 보자. 시의 첫째 구절은 높게 뻗은 버드나무 전체를 묘사한 말인데, "벽옥"이라는 젊고 아리따운 여인으로 버드나무의 모습이 푸르고 싱싱함을 나타냈다. 버드나무와 "벽옥" 전고의 만남이 아주 자연스럽고 절묘하지 않는가. 사실 이 구절은 "벽옥"의 원의에 따라 "푸른 옥"으로 봐도 문장이 매끄럽게 해석이 된다. 그러나 "벽옥"을 젊고 아리따운 여인의 의미로 봤을 때 버드나무의 모습과 더 잘 어울리고 의미도 더 무궁하게 다가온다고 할 수 있다.

✿ "가위 같은 2월의 봄과 바람"

이 시는 "벽옥(碧玉)"이라는 전고가 절묘하게 사용되고 있지만 이에 못지 않게 멋진 비유법이 등장한다. 제2구와 제4구를 주목하자. 제2구의 "사조(絲條)"는 "실로 만든 끈" 내지 "실로 만든 띠"의 의미인데 축 늘어진 버드나무를 형용한다. 실로 만든 띠는 가늘고 긴 것이 특징인데 버드나무의 모습에 부합되는 비유라고 할 수 있다. 또 마지막 구에서는 "춘풍(春風)"을 "가위(剪刀)"에 비유하고 있는 것도 아주 절묘하다. 봄과 바람이 버드나무의 성장을 도와 버드나무를 길고 가늘고 자라게 해준 것을 비유한 말이다. 그 의미를 새겨보면 정말이지 감탄사가 절로 나온다.

사람의 즐거움도 이 꿈과 같소

人生之適, 亦如是矣

[唐] 심기제(沈旣濟)

당(唐) 현종(玄宗; 713~741) 개원(開元) 7년(719), 신선이 되는 비법을 터득한 여옹(呂翁)이라는 도사가 한단(邯鄲)의 길을 가다 주점에서 잠깐 쉬게 되었다. 모자를 벗고 허리띠를 느슨하게 한 다음 짐에 기대고 앉았다. 조금 후 노생(盧生)이라는 길을 가던 한 젊은 사람이 보였다. 그 사람은 거친 베로 짠 짧은 옷을 입고, 푸른빛이 감도는 조랑말을 타고, 밭으로 가는 길에 주점에서 쉬게 되었다. 그는 여옹과 같은 자리에 앉았다. 두 사람은 아주 흥겹게 담소를 나누었다. 조금 후 노생이 자신의 남루한 옷을 보고 장탄식했다. "대장부가 세상에 태어나 뜻을 이루지 못하고 이런 곤경에 처해 있으니!" 여옹이 말했다. "그대의 모습을 보니, 괴로운 것 같지도 않고 몸에 병도 없으며, 말하는 것도 무난한 것이 흥겨워 보이는데, 신세를 한탄하는 것은 무엇 때문인가?" 노생이 말했다. "저는 구차하게 사는데, 뭐가 즐겁단 말입니

[심기제(沈旣濟)] 당나라의 소설가. 생졸연대는 분명치 않음. 오흥(吳興) 덕청(德清) 사람. 건중(建中) 원년(780) 재상 양염(楊炎)이 그의 재능을 보고 천거하여 좌습유(左拾遺)와 사관수찬(史館修撰)에 임명됨. 양염이 폄적되자 그도 처주사호참군(處州司戶參軍)으로 좌천됨. 후에 다시 조정으로 돌아와 예부원외랑(禮部員外郎)을 지냄. 박학다식했고 역사서 집필에 뛰어나 ≪건중실록(建中實錄)≫ 10권을 저술함. ≪전당문(全唐文)≫에 6편의 글이 수록되어있음. 전기 작품으로는 ≪침중기(枕中記)≫와 ≪임씨전(任氏傳)≫이 있음.

75

까?" 여옹이 말했다. "이것이 즐겁지 않으면, 뭐가 즐거운가?" 노생이 대답했다. "남자가 세상에 태어나 공을 세워 이름을 날리고, 조정에 들어와서는 승상이 되고 조정을 나가서는 장수가 되어야죠. 또 식탁에는 맛있는 음식들이 가득하고, 가기들을 골라 음악을 듣고, 종친들과 가문을 번창하게 해주어야 즐겁다고 말할 수 있겠죠. 저는 한때 배움에 뜻을 두었고, 각종 기예를 익혔습니다. 당시 제 스스로는 큰 관리로 발탁될 수 있을 것이라고 생각했죠. 지금 이렇게 장년이 되었어도 아직 밭일이나 하고 있으니 곤경에 처한 것이 아니고 무엇이겠습니까?" 노생은 말을 다하고 나서 눈이 침침해지더니 잠이 왔다.

그때 주인은 기장밥을 하고 있었다. 여옹은 짐에서 베개를 꺼내 그에게 주며 말했다. "내 베개를 베고 자게, 자네의 생각대로 영화를 누릴 걸세." 그 베개는 청자로 만들었는데 양쪽 끝이 비어있었다. 노생이 머리를 숙여 다가가니, 구멍이 점점 커지고 밝아졌다. 이에 몸 전체가 안으로 들어가더니 순식간에 집으로 왔다. 몇 개월 후, 청하(淸河)의 명문가 최씨(崔氏)의 딸에게 장가를 들었다. 여인은 아름다운 얼굴에 많은 혼수품을 가져왔다. 노생은 아주 기뻐했다. 이로 의상·복식·거마가 나날이 아름다워지고 풍성해졌다. 다음 해, 진사에 급제하여 남루한 베옷을 벗고 비서성교서랑(秘書省校書郞)이 되었다. 관제에 따라, 위남위(渭南尉)로 자리를 옮겼다가 얼마 후 감찰어사(監察御史)로 승진했다. 후에 기거사인(起居舍人)으로 자리를 옮겼다가 다시 지제고(知制誥)로 승진했다. 3년 후, 동주(同州)로 나가서 근무하다가 섬주(陝州)의 장관으로 승진했다. 그는 타고난 성품이 토목공사를 좋아하여 섬서(陝西)에서 80리나 되는 물길을 파서 물길이 통하지 않는 곳을 열었다. 현지 백성들이 이를 훌륭하다고 여겨 그의 공덕을 돌비석에 새겼다. 후에 변주(汴州)의 장관으로 근무하다 자리를 옮기고 하남도채방사(河南道採訪使)를 겸임했다. 그러다 후에 경조윤(京兆尹)에 임명되었다. 이해, 신무황제(神武皇帝)께서는 융적(戎狄)과 전쟁하며 영토를 넓히고 있었다. 이때 마침 토번(吐蕃)의 실말라(悉抹邏)와 촉용망포우(燭龍莽布友)가 과사(瓜沙)를 침공하여, 절도사 왕군착(王君㚟)이 피살되었다. 황하와 황수(湟水) 일대의 백성들이 크게 동요했다. 황제께서 노생이 유능한 장수라고 생각하시어 그를 어사대부 겸 하남도절도사(河南道節度使)에 임명했다. 노생은 융적을 크게 물리치고, 7000명의 수급을 베었다. 또 영토를 900리나 넓혔으며, 세 개의 성을 쌓아 요충지를 방어했다. 변방 사람들은 거연산(居延山)에 돌비석을 세워 그를 칭송했다.

조정에 돌아오자 황제는 그의 공을 치하하고 관직을 내렸으며, 은택과 예우가 더욱 두터워졌다. 이부시랑(吏部侍郎)으로 옮겼다가 호부상서(戶部尙書) 겸 어사대부(御史大夫)로 승진했다. 그때 명망이 너무 높아 많은 사람들이 그를 추종했다. 이 때문에 당시 권신들에 의해 견제를 받았다. 그들은 근거 없는 말로 모함했기에 그는 단주자사(端州刺史)로 폄적되었다. 3년 후, 상시(常侍)에 임명되었다. 얼마 지나지 않아, 동중서문하평장사(同中書門下平章事; 재상)가 되었다. 중서령(中書令) 소숭(蕭嵩)·시중(侍中) 배광정(裵光庭)과 함께 10여 년 동안 정무를 주관했다. 그는 황제의 훌륭한 계획과 비밀스런 조령(詔令)을 하루에 3번 받았고, 생각을 올리고 계획을 바꿈에 치국의 도로 황제를 인도하였다. 때문에 사람들은 그를 어진 재상이라고 했다. 동료들이 그를 질시하여, 변방의 장수들과 결탁하여 모반을 획책했다고 또 무고했다. 황제는 조서를 내려 그를 감옥에 넣으라고 했다. 관리들이 시종을 데리고 노생의 집에 와서 그를 즉각 체포하려고 했다. 노생은 처형당할까 두려워 아내에게 "태항산(太行山) 동쪽의 우리 집에는 5경(頃)에 달하는 좋은 농지가 있어 추위와 굶주림을 면할 수 있건만, 뭐 때문에 벼슬자리를 구하려 했는지? 지금 이렇게 되고 보니, 거친 베로 짠 짧은 옷을 입고 푸른빛이 감도는 조랑

77

말을 타고 한단(邯鄲)의 길을 걸어가고 싶어도 그렇게 할 수 없구려."라고 하고는 칼을 뽑아 자결하려했다. 그의 아내가 말리는 바람에 화를 면했다. 연루된 사람들은 모두 처형당했으나 노생만은 관리들에 의해 목숨을 부지하여 죽을 죄를 면했다. 그리고는 환주(驩州)로 유배를 당했다. 수년 후, 황제가 누명을 쓴 것을 알고 다시 중서령에 임명하고 연국공(燕國公)에 봉했는데 황은이 아주 각별했다. 그는 아들 다섯 명을 낳았는데, 이름이 각각 검(儉)·전(傳)·위(位)·척(偁)·의(倚)로 모두 재능이 뛰어났다. 노검(盧儉)은 진사에 급제하여 고공원외랑(考功員外郎)이 되었다. 노전(盧傳)은 시어사(侍御史), 노위(盧位)는 태상승(太常丞), 노척(盧偁)은 만년위(萬年尉)가 되었다. 가장 총명했던 노의(盧倚)는 28세에 좌상(左相)이 되었다. 이들과 혼인한 여인들은 모두 세상의 명문가 출신이었다. 노생은 손자만 10여명이나 두었다. 노생은 두 차례나 황량한 변방으로 유배를 당했다가 다시 재상의 자리에 올랐다. 조정의 안과 밖을 출입했고, 대각(臺閣; 재상의 집무실)을 오갔다. 50년 동안 명망이 대단히 높았다. 그의 성품은 사치스럽고 방탕했으며, 음란한 음악을 아주 좋아했다. 후원에 기르는 가기들은 하나같이 아름다웠다. 조정에서 내린 농지·저택·미녀·명마들은 이루 수를 셀 수 없을 정도였다. 후에 나이가 들고 몸이 쇠약해지자 여러 차례 고향으로 돌아가게 해달라고 청했으나 황제는 윤허하지 않았다. 병이 들자 황제가 안부를 묻기 위해 보낸 관리들이 끊이지 않았고, 유명한 의사와 좋은 약이 오지 않음이 없었다.

　숨을 거두려 할 때 황제에게 글을 올려 아뢰었다. "신은 본래 산동(山東)의 일개 서생으로, 밭을 갈고 채소를 심으며 즐거움으로 삼았습니다. 마침 태평성세를 만나 관리의 대열에 끼여, 폐하의 과분한 장려와 각별한 은총을 입었습니다. 조정에 나가서는 통수의 부절을 가졌고, 조정에 들어와서는 재상의 자리까지 올랐습니다. 안과 밖을 다니며 오랫동안 중책을 맡아왔습니다. 그러나 하늘의 은혜(天恩)를 더럽히고, 교화에는 도움이 되지 못했습니다. 재주가 부족한데도 재상의 자리에 앉아 나라에 해를 끼쳤으니, 얇은 얼음 위를 걷듯 두려웠습니다. 두려움은 날로 심해지다, 어느 덧 이렇게 늙어버렸습니다. 이제 80세가 넘어서도 아직 가장 높은 자리에 있습니다. 새벽 종과 저녁 물시계가 모두 그치듯 저의 근골은 이미 모두 쇠약합니다. 병이 온몸을 휘감고 오랫동안 낫지 않으니 기다릴 시간은 점점 적어집니다. 돌아보니 훌륭하고 아름다운 조정에 보답할 만한 성취가 없습니다. 황상의 은혜를 속절없이 저버리고, 폐하의 시대를 영원히 작별하려고 합니다. 저는 폐하께 무한한 감격과 연민을 품고, 삼가 글을 올려 감사를 표하나이다."

황제가 조서를 내려 말했다. "경은 출중한 재능과 인품을 갖춘 짐의 가장 훌륭한 신하다. 밖으로는 변방을 지키는 용맹한 장수이고, 조정에서는 나라의 태평성세를 지키는 신하이다. 천하가 24년 동안 태평했던 것은 확실히 경을 의지했기 때문이었다. 이번에 경이 병에 걸렸으니, 짐은 늘 경이 빨리 낫기를 생각했다. 이렇게 병세가 중할 줄 어찌 알았겠는가? 내 마음이 심히 괴롭도다. 지금 표기대장군(驃騎大將軍) 고력사(高力士)를 저택으로 보내 안부를 묻는다. 하루빨리 병을 다스리고 나를 위해서라도 자신을 소중히 여기기 바라노라. 짐은 의외의 변고가 생기지 않길 바라며, 쾌차하길 바라노라." 그날 저녁, 노생은 숨을 거두었다.

노생은 기지개를 펴고 깨어나서는 자신이 주점에서 자고 있음을 알았다. 여옹은 그 옆에 앉아있었고, 주인의 기장밥은 아직 다 익지 않았다. 눈이 닿는 곳들은 그대로였다. 노생이 얼른 몸을 세우며 말했다. "설마 꿈이란 말입니까?" 여옹이 노생에게 말했다. "사람의 즐거움도 이 꿈과 같소." 노생은 한참동안 감회에 젖더니 감사하며 말했다. "총애와 굴욕의 도리, 곤궁과 출세의 운명, 얻고 잃는 이치, 살고 죽는 감정을 이제야 알겠습니다. 이

꿈은 선생께서 저의 욕망을 막기 위해 쓰신 것이니, 어찌 받아들이지 않을 수 있겠습니까." 땅에 머리를 대고 절을 두 번하고 떠났다.

❖ ≪침중기(枕中記)≫

開元七年, 道士有呂翁者, 得神仙術, 行邯鄲道中, 息邸舍, 攝帽弛帶, 隱囊而坐. 俄見旅中少年, 乃盧生也. 衣短褐, 乘靑駒, 將适於田, 亦止於邸中, 與翁共席而坐, 言笑殊暢. 久之, 盧生顧其衣裝敝褻, 乃長歎息曰: "大丈夫生世不諧, 困如是也!" 翁曰: "觀子形體, 無苦無恙, 談諧方適, 而歎其困者, 何也?" 生曰: "吾此苟生耳, 何適之謂?" 翁曰: "此不謂適, 而何謂適?" 答曰: "士之生世, 當建功樹名, 出將入相, 列鼎而食, 選聲而聽, 使族益昌而家益肥, 然後可以言適乎. 吾嘗志於學, 富於遊藝, 自惟當年靑紫可拾. 今已適壯, 猶勤畎畝, 非困而何?" 言訖, 而目昏思寐. 時主人方蒸黍. 翁乃探囊中枕以授之, 曰: "子枕吾枕, 當令子榮適如志." 其枕靑瓷, 而竅其兩端, 生俛首就之, 見其竅漸大, 明朗. 乃擧身而入, 遂至其家. 數月, 娶淸河崔氏女. 女容甚麗, 生資愈厚. 生大悅, 由是衣裝服馭, 日益鮮盛. 明年, 擧進士, 登第; 釋褐秘校; 應制, 轉渭南, 俄遷監察御史; 轉起居舍人, 知制誥. 三載, 出典同州, 遷陝牧. 生性好土功, 自陝西鑿河八十里, 以濟不通. 邦人利之, 刻石紀德. 移節汴州, 領河南道采訪使, 征爲京兆尹. 是歲, 神武皇帝方事戎狄, 恢宏土宇. 會吐蕃悉抹邏及燭龍莽布支攻陷瓜沙, 而節度使王君㚟新被殺, 河湟震動. 帝思將帥之才, 遂除生御史中丞, 河西節度使. 大破戎虜, 斬首七千級, 開地九百里, 築三大城以遮要害. 邊人立石於居延山以頌之. 歸朝冊勳, 恩禮極盛, 轉吏部侍郎, 遷戶部尙書兼御史大夫. 時望淸重, 群情翕習. 大爲時宰所忌, 以飛語中之, 貶爲端州刺史. 三年, 征爲常侍. 未幾, 同中書門下平章事. 與蕭中令嵩, 裵侍中光庭同執大政十餘年, 嘉謨密令, 一日三接, 獻替啓沃, 号爲賢相. 同列害之, 復誣與邊將交結, 所圖不軌. 制下獄. 府吏引從至其門而急收之. 生惶駭不測, 謂妻子曰: "吾家山東, 有良田五頃, 足以御寒餒, 何苦求祿? 而今及此, 思短褐, 乘靑駒, 行邯鄲道中, 不可得也!" 引刃自刎. 其妻救之, 獲免. 其罹者皆死, 獨生爲中官保之, 減罪死, 投驩州. 數年, 帝知冤, 復追爲中書令, 封燕國公, 恩旨殊異. 生五子, 曰儉,日傳, 日位, 日偡, 日倚, 皆有才器. 儉進士登第, 爲考功員; 傳爲侍御史; 位爲太常丞; 偡爲万年尉; 倚最賢, 年二十八, 爲左襄, 其姻媾皆天下望族. 有孫十餘人. 兩竄荒徼, 再登臺鉉, 出入中外, 徊翔臺閣, 五十餘年, 崇盛赫奕. 性頗奢蕩, 甚好佚樂, 後庭聲色, 皆第一綺麗. 前後賜良田、甲第、佳人、名馬, 不可勝數. 後年漸衰邁, 屢乞骸骨, 不許. 病, 中人候問, 相踵於道, 名醫上藥, 無不至焉. 將歿, 上疏曰: "臣本山東諸生, 以田圃爲娛. 偶逢聖運, 得列官叙. 過蒙殊獎, 特秩鴻私, 出擁節旌, 入升臺輔. 周旋內外, 錦歷歲時. 有忝天恩, 無裨聖化. 負乘貽寇, 履薄增憂, 日惧一日, 不知老至. 今年逾八十, 位极三事, 鐘漏幷歇, 筋骸俱耄, 彌留沈頓, 待時益盡. 顧無成效, 上答休明, 空負深恩, 永辭聖代. 無任感戀之至. 謹奉表陳謝." 詔曰: "卿以俊德, 作朕元輔. 出擁藩翰, 入贊雍熙, 升平二, 實卿所賴. 比嬰疾疹, 日謂痊平. 豈斯沈痼, 良用憫惻. 今令驃騎大將軍高力士就第候省, 其勉加針石, 爲予自愛. 猶冀無妄, 期於有瘳." 是夕, 薨. 盧生欠伸而悟, 見其身方偃於邸舍, 呂翁坐其傍, 主人蒸黍未熟, 觸類如故. 生蹶然而興, 曰: "豈其夢寐也?" 翁謂生曰: "人生之適, 亦如是矣." 生憮然良久, 謝曰: "夫寵辱之道, 窮達之運, 得喪之理, 死生之情, 盡知之矣. 此先生所以窒吾欲也. 敢不受教!" 稽首再拜而去.

❀ 황량몽(黃粱夢)의 유래가 된 소설

이번에 감상할 작품은 당대 전기소설(傳奇小說)의 대표작인 심기제(沈旣濟)의 ≪침중기(枕中記)≫이다. 이 작품은 인생의 덧없음이란 의미의 성어인 "황량몽(黃粱夢)"과 "한단몽(邯鄲夢)"의 유래가 된다. 명대 탕현조(湯顯祖; 1550~1616)의 희곡 ≪한단기(邯鄲記)≫도 이 작품의 직접적인 영향을 받았을 정도로, 후대 소설과 희곡에서 큰 영향을 끼쳤다. 전기소설은 위진남북조(魏晉南北朝)의 지괴소설(志怪小說)을 이어 당대에 발달한 소설 형식이다. "전기(傳奇)"라는 말은 기이한 것을 전한다는 의미이다. 이것이 지괴소설과 가장 다른 점은 지괴소설은 기이한 이야기를 단순하게 기록한 것에 지나지 않고, 전기소설은 개인의 창작에 의해 구성된 허구 가운데 작가의 인생관이나 세계관이 녹아들어있다는 것이다. 즉, 전기소설은 지금의 소설적 개념에 아주 근접한 형식이라고 할 수 있다.

✿ 작가 심기제

심기제에 관한 기록은 ≪신당서(新唐書)≫(132권)와 ≪구당서(舊唐書)≫(권149)에 간략하게 보인다. 기록을 종합해보면, 소주(蘇州) 오현(吳縣) 사람으로, 많은 책을 섭렵하고 경학에 밝았다. 또 사서를 집필하는 능력이 뛰어나 당시 실력자인 이부시랑(吏部侍郎) 양염(楊炎)의 눈에 들었다. 건중(建中) 초에 양염이 재상이 되자, 심기제는 좌습유(左拾遺)와 사관수찬(史館修撰)이 되었다. 후에 양염이 정적 노기(盧杞)의 음모로 실각하자, 심기제도 처주(處州; 지금의 浙江省)로 폄적되었다. 후에 심기제는 다시 조정의 부름을 받아 예부원외랑(禮部員外郎)을 지내고 생을 마감하였다. 이 일련의 상황을 ≪침중기≫의 창작과 연관시켜 봤을 때, 자신을 천거한 양염의 몰락과 자신의 좌천은 심기제로 하여금 부귀영화라는 것이 부질없는 것임을 느끼게 했을 것이라는 생각이 든다.

✿ ≪침중기≫의 주제의식

≪침중기≫는 1,130여자에 불과한 단편이지만 구성에 짜임새가 있고 주제의식이 분명하다. 작품은 세 부분으로 나눌 수 있다. 첫째는 여옹과 노생이 주점에서 만나 대화를 나누는 장면이다. 둘째는 노생이 여옹이 준 베개를 베고 파란만장한 부침을 겪는 꿈을 꾸는 부분이다. 이 부분은 전체 작품에서 가장 많은 편폭을 차지한다. 셋째는 꿈을 깬 후 인생의 이치를 깨닫는 부분이다. 사람들은 누구나 노생처럼 출세를 꿈꾼다. 정작 출세하면 부귀영화를 다 누릴 줄 알지만 실상은 그렇지 않다. 거기에는 또 다른 많은 인생

의 좌절이 있다. 노생은 꿈에서 출세가도를 달리나 자신을 시기하는 권신들에 의해 두 번이나 좌천을 당한다. 노생은 이렇게 후회한다.

태항산(太行山) 동쪽에 있는 우리 집에는 5경(頃)에 달하는 좋은 농지가 있어 추위와 굶주림을 면할 수 있건만, 뭐 때문에 벼슬자리를 구하려 했는지? 지금 이렇게 되고 보니, 거친 베로 짠 짧은 옷을 입고 푸른빛이 감도는 조랑말을 타고 한단(邯鄲)의 길을 걸어가고 싶어도 그렇게 할 수 없구려.

이때서야 노생은 자신이 꿈꾸었던 출세가 인생의 전부가 아님을 깨닫는다. 그는 현실에서는 이런 깨달음을 얻지 못했다. 그를 둘러싼 시대적 관념은 과거에 급제하여 황제를 보필하여 세상을 태평하게 하는 것이 최고의 이상이었기 때문이었다. 시성 두보(杜甫)도 이렇게 읊었다.

남자가 세상에 태어나, 젊어서는 봉후가 되어야 하리. 전공을 쌓아야지, 어찌 옛 언덕이나 지킬 수 있으리?(男兒生世間, 及壯當封侯. 戰伐有功業, 焉能守舊丘?)≪후출색(後出塞)≫

그러니 이런 깨닫지 못함은 노생에만 국한되는 것이 아니라 당연히 출세해야 한다고 생각했던 당시의 수많은 젊은 사람들의 모습을 보여주는 것이라고 하겠다. 작가는 노생의 꿈을 통해 출세를 최고의 가치로 여기는 현실에 경각심을 주고자 했던 것은 아니었을까.

❇ ≪침중기≫의 모태

당대 이전 꿈을 매개로 한 이야기는 ≪장자(莊子)≫·≪열자(列子)≫·≪고당부(高唐賦)≫·≪신녀부(神女賦)≫ 등에도 보이나 ≪침중기≫처럼 꿈을 통해 인생의 무상함을 이야기 한 작품은 찾아보기 어렵다. ≪침중기≫의 직접적인 원류가 된 작품은 육조의 지괴소설인 ≪유명록(幽明錄)≫에 수록된 "양림(楊林)" 고사이다. 원문을 감상해보자.

　　송나라 때 초호묘에 측백나무로 만든 베개가 있었다. 옥으로 만든 베개라고 말하는 사람도 있다. 이 베개에는 갈라진 작은 틈이 있었다. 하루는 단보현의 양림이라는 사람이 행상 도중에 이 묘에 이르러 기도했다. 이때 묘의 무당이 "당신은 행복한 결혼을 바라십니까?"라고 묻자, 양림은 "정말 원합니다."라고 대답했다. 무당은 양림에게 베개 가로 가까이 오게 했다. 그랬더니 틈 사이로 들어가게 되어 눈앞에 훌륭한 저택이 보였다. 이 저택에 사는 조태위는 양림에게 딸을 주었다. 아들 여섯을 낳았는데, 모두 비서랑이 되었다. 수십 년이 지나도 고향에 돌아갈 생각이 나지 않았다. 홀연히 꿈을 깨니 여전히 베개 곁에 있었다. 양림은 한참동안 슬퍼했다(宋世焦湖廟, 有一柏枕, 或云玉枕, 枕有小坼. 時單父縣人楊林 爲賈客, 至廟祈求. 廟巫謂曰: "君欲好婚否?" 林曰: "幸甚." 巫卽遣林近枕邊. 因 入坼中, 遂見朱樓瓊室. 有趙太尉在其中, 卽嫁女與林. 生六子, 皆爲秘書郎. 歷數 十年, 并無思之志. 忽如夢覺, 猶在枕旁. 林悵然久之).

　　≪침중기≫의 이야기와 아주 흡사하다. 베개 안으로 들어가 꿈을 꾸는 부분과 고관의 딸과 결혼하여 자식을 낳는 것이 일치한다. 그러나 꿈에서 일어난 일이 지나치게 간단하게 묘사된 점은 ≪침중기≫와 큰 차이가 있다. 그리고 마지막 부분에 "양림" 고사는 꿈속의 부인과 자식을 슬퍼하는 것으로 끝나는데, ≪침중기≫는 인생의 무상함을 깨닫는 것으로 끝이 난다는 점 또한 다르다고 할 수 있다. 내용과 형식으로 봤을 때 이 "양림" 고사가 ≪침중기≫의 모태인 것만은 분명해 보인다. 그리고 심기제는 이 고사의 틀과 자신의 경험과 체득을 이용해 ≪침중기≫를 지었다.

작은 뭇 산들을 모두 바라보리

一覽衆山小 **10**

[唐] 두보(杜甫; 712~770)

태산은 어떠할까?

제(齊)와 노(魯)의 푸름은 끝이 없네.

대자연이 신비롭고 아름다움을 모았으니,

산의 남과 북은 아침과 저녁으로 나눠지네.

뭉게뭉게 피어나는 구름 내 마음을 흔들고,

눈 부릅뜨고 돌아오는 새들을 놓치지 않네.

반드시 정상에 올라,

작은 뭇 산들을 모두 바라보리.

❖ ≪**망악(望嶽)**≫

岱宗夫如何? 齊魯靑未了. 造化鍾神秀, 陰陽割昏曉.

盪胸生曾雲, 決眥入歸鳥. 會當凌絶頂, 一覽衆山小.

85

중국문학 최고의 시인 두보는 당 예종(睿宗) 선천(先天) 원년(712) 하남(河南) 공현(鞏縣)에서 태어났다. 무후(武后) 장안(長安) 원년(701)에 태어난 이백보다 11살이 적다. 그가 살았던 시대는 당나라가 태평성세에서 급격하게 쇠락하는 변화기에 있었다. 755년 일어난 안사(安史)의 난이 그 기폭제였다. 두보는 안사의 난 이전의 태평성세와 8년에 걸친 안사의 난의 혼란한 사회상을 그대로 경험했다. 이런 시대적 경험은 그가 불후의 작품들을 창작할 수 있었던 원동력이었다. 시대의 불운이 작가 개인의 창작에 좋은 소재를 제공했다는 것이 아이러니하다.

두보(杜甫; 712~770)의 모습

망악도(望嶽圖)

중당의 대시인. 자는 자미(子美)이고, 하남 공현(鞏縣) 사람이다. 중국문학사상 가장 위대한 시인으로 이백과 함께 "이두(李杜)"로 불린다. 유가의 인정사상을 펼치고자 했으나 뜻대로 되지 않아 각지를 떠도는 궁핍한 생활을 하였다. 그의 시는 현실성이 강해 "시사(詩史)"로 불리고, 율시의 엄격한 규칙을 지키면서 치밀하게 시를 구성하여 자신의 사상과 감정을 읊었다는 평가를 받고 있다. 현재 약 1,500수 정도의 시가 전하며 대표작으로는 《춘망(春望)》·《북정(北征)》·《삼리(三吏)》·《삼별(三別)》 등이 있다.

❀ 젊은 시절 10년을 주유한 두보

두보는 유가전통이 농후한 관료집안에서 태어났다. 두보는 7살 때 이미 시를 읊어 문재를 드러냈고, "만권에 이르는 다양한 장르의 책을 늘 암송했다(群書萬卷常暗誦)."(《가탄(可歎)》)라고 할 정도로 학업에도 큰 힘을 쏟았다. 두보는 20세가 되던 개원(開元) 19년(731)에 세상을 주유하기 시작했다. 세 차례에 걸쳐 10년을 주유했다. 첫 번째 주유에서는 오월(吳越), 즉 지금의 강소성(江蘇省)과 절강성(浙江省) 일대를 주유하여 강남의 수려한 산천과 명승지를 둘러봤다. 24세 때 과거시험에 응시하기 위해 낙양으로 돌아왔다. 그러나 낙방의 고배를 마셨다. 다음해에는 제조(齊趙) 일대, 즉 지금의 하북·산동·하남 일대를 유력했다. 이 무렵에 지은 시 《장유(壯遊)》에서 "제와 노의 땅을 마음껏 돌며, 갓옷 입고 말 타며 아주 거침이 없었네. 봄에는 총대에서 노래했고, 겨울에는 청구에서 사냥했네(放蕩齊趙間, 裘馬頗淸狂. 春歌叢臺上, 冬獵靑丘旁)."라고 읊은 것을 보면, 당시 두보의 마음이 거침이 없고 아주 즐거웠음을 엿볼 수 있다. 이후 두보는 30세가 되어서야 낙양으로 돌아왔다. 대략 천보 3년(744) 낙양에서 이백을 알게 되고 함께 양(梁; 지금의 河南省 開封)과 송(宋; 지금의 河南省 商丘) 일대를 유람하였다. 이것이 세 번째 주유였다. 여기에는 변새(邊塞)시인으로 유명한 고적(高適; 702~765)도 동참했다. 이들은 산에 오르기도 하고 사냥을 나가기도 하며 서로 교류했다.

고적(高適; 702~765)의 모습

당나라의 변새시인. 자는 달부(達夫) 혹은 중무(仲武)이고, 발해군(渤海郡; 지금의 河北 景縣) 사람이다. 형부시랑(刑部侍郎)·산기상시(散騎常侍) 등의 관직을 지냈다. 그의 시는 백성의 질곡과 현실을 비판한 시가 많다. 특히 장기간 변경지방에서 생활했기 때문에 이국적인 정조와 병사들의 고통을 시에 많이 담았다. 잠삼(岑參)·왕창령(王昌齡)·왕지환(王之渙)과 더불어 4대 변새시인으로 불린다. 대표작으로는 《연가행(燕歌行)》·《영주가(營州歌)》 등이 있다.

87

🌸 태산(泰山)을 읊은 시 중의 수작

이 시는 제2차 주유시기에 산동의 태산을 찾아 지은 시이다. 시는 두보의 나이 20세 중반에 지어졌다. 태산의 웅장함을 읊으면서 출사하여 자신의 포부를 펼치겠다는 생각이 담겨있다. 특히 제2구의 "제와 노의 푸름은 끝이 없네(靑未了)"는 태산이 제 땅과 노 땅 사이에 자리하여 수목이 끝없이 이어진 모습을 멋지게 형용한 말이다. 이 구절에 대해서는 역대로 많은 문인들의 호평이 이어졌다. 남송 사람 유신옹(劉辰翁; 1233~1297)은 "다섯 글자는 특출 나서 한 시대를 덮는다(五字雄蓋一世)."라고 했고, 청나라 사람 시보화(施補華; 1835~1890)도 "다섯 글자로 수 천리를 담아냈으니 당당하고 아득하다고 할 수 있다(五字囊括數千里, 可謂雄闊)."라고 했다. 또 제6구의 "입(入)"자의 의미도 절묘하다. "입"자는 "들어오다"의 의미인데, 이곳에서는 눈에 새들이 들어온다는 의미로 실질적으로는 "보다"는 의미이다. 그런데 단순히 "견(見)"이나 "망(望)"자를 썼다면 그냥 평범한 구절에 지나지 않을 것인데 "입"자를 사용함으로써 문장의 의미가 더 깊어졌다. 또 제7구와 제8구는 정치적인 포부가 담긴 말로, 경물에 마음을 기탁하여 표현했다. 이로 보면 당시 두보가 태산을 유력하면서 마음속에 얼마나 큰 뜻을 품었는지 알 수 있다. 이 시는 태산을 읊은 시 중에서 수작으로 손꼽힌다. 청나라 사람 구조오(仇兆鰲; 1638~1717)는 ≪두시상주(杜詩詳注)≫에서 이 시를 이렇게 평가했다.

소릉(두보) 이전에 태산을 읊은 것은 사령운과 이백의 시가 있다. 사령운의 시 8구는 앞부분은 고아하고 수려하나 뒤 부분은 평탄하고 얕다. 이백의 시 6편은 그 가운데 좋은 구절이 있지만 의미가 대부분 중복된다. 이 시는 기상이 굳세고 높아 두 사람을 아래로 내려 볼 수 있다(少陵以前題咏泰山者, 有謝靈運、李白之詩. 謝詩八句, 上半古秀, 而下却平淺.李詩六章, 中有佳句, 而意多重複. 此詩酒勁峭刻,

可以俯視兩家矣).

평가를 보면 두보는 이미 20세의 중반에 사령운이나 이백 같은 대가들의 시와 어깨를 나란히 한 것이다. 이 시기에 두보는 타고난 문재에 풍부한 경험까지 더하면서 향후 시 창작에 큰 자산을 만들었다.

🌸 이백의 ≪태산을 노닐며(遊泰山)≫와의 비교

≪두시상주≫에서 언급한 "이백의 시 6편"은 바로 ≪태산을 노닐며≫ 6수를 가리킨다. 여기서 잠깐 이백의 ≪태산을 노닐며≫ 첫 번째 시를 인용하여 두보의 ≪태산을 바라보며≫와 비교해본다.

四月上泰山,	4월에 태산에 오르니,
石屛御道開.	임금 다닌 돌길이 펼쳐지네.
六龍過萬壑,	육룡이 무수한 골짜기 지나,
澗谷隨縈廻.	깊은 계곡 돌고 돌았네.
馬跡遶碧峰,	산봉우리를 돈 말의 자취는,
於今滿靑苔.	지금 푸른 이끼로 가득하네.
飛流灑絶巘,	깎아지른 절벽엔 폭포수 흩날리고,
水急松聲哀.	물소리 급하고 소나무 소리 애처롭네.
北眺崿嶂奇,	북쪽의 기이한 봉우리들을 보니,
傾崖向東催.	절벽은 기울어진 채 동으로 향했네.
洞門閉石扇,	동굴 문은 돌문으로 잠겨있고,
地底興雲雷.	땅 아래서는 구름과 우레가 이네.
登高望蓬瀛,	정상에 올라 봉래와 영주를 보며,
想象金銀臺.	금은대를 떠올려보네.
天門一長嘯,	남천문에서 한 번 길게 소리쳐 보니,
萬里淸風來.	만리에서 선선한 바람이 오네.

玉女四五人,	옥녀 네 다섯 명이,
飄颻下九垓.	바람을 타고 은하수에서 내려오네.
含笑引素手,	웃음을 머금고 하얀 손을 내밀며,
遺我流霞杯.	나에게 유하잔을 건네주네.
稽首再拜之,	머리 조아려 거듭 인사하나,
自愧非仙才.	선재가 아님이 부끄럽네.
曠然小宇宙,	우주가 이렇게 작으니,
棄世何悠哉.	세상을 버린들 무슨 미련이 있으리.

시는 태산의 절경을 노래하며 선계에 몸을 기탁하고픈 마음을 그렸다. 나머지 5수도 선계에 몸을 담고 싶은 뜻을 담고 있는데 ≪두시상주≫에서 "의미가 대부분 중복된다."라고 평한 것은 이를 두고 한 말이 아닌가 싶다. 이백이 태산에 온 것은 그의 나이 42세 되던 당 현종 천보(天寶) 원년(742) 무렵이었다. 이백은 큰 뜻을 품고 25살 때 고향 사천(四川) 땅을 떠났지만 42세가 되기까지 이룬 것 하나 없이 각지를 떠도는 신세였다. 그의 마음속 좌절감은 이루 말할 수 없었을 것이다. 그는 이런 마음을 안고 태산을 올랐다. 두보의 ≪태산을 바라보며≫는 두보의 나이 20세 중반에 지어진 시여서 그의 진취적인 기상이 잘 나타나 있는 반면, 이백의 이 시는 산전수전 다 겪은 작가의 세상에 대한 좌절과 회의의 마음을 엿볼 수 있다. 두 사람 모두 태산의 아름다움을 노래했지만 그들의 인생 경험으로 말미암아 이렇게 경지가 다른 시가 창작되었다. 시의 마지막 구절을 보면 이런 점이 극명하게 잘 나타나있다. 두보는 "반드시 정상에 올라, 작은 뭇 산들을 모두 바라보리."라고 하여, 출사해 높은 자리에 올라 세상을 경영하겠다는 웅지를 보여준다. 반면 이백은 "우주가 이렇게 작으니, 세상을 버린들 무슨 미련이 있으리."라고 하며 자신의 뜻대로 되지 않는 세상에 더 이상 미련을 갖지 않겠다는 마음을 보여준다.

봄누에는 죽을 때가 되어야 실을 다 뽑아내고

春蠶到死絲方盡

이상은(李商隱; 813~858)

서로 만나기 어렵거니와 헤어지기도 어려워라
봄바람 힘이 없어 온갖 꽃들 다 시든다.
봄누에는 죽을 때가 되어야 실을 다 뽑아내고
촛불은 타서 재가 되어야 눈물이 비로소 마르리.

새벽에 거울보고 그저 머리 희어진 것이 한스럽고
밤에 시를 읊조리다보니 달빛이 차가움을 느낀다.
(임 계신) 봉래산은 여기서 그다지 멀지 않으니
파랑새야 슬며시 가서 살펴봐다오.

❧ ≪무제(無題)≫

相見時難別亦難, 東風無力百花殘.
春蠶到死絲方盡, 蠟炬成灰淚始乾.
曉鏡但愁雲鬢改, 夜吟應覺月光寒.

91

_____ 11 봄누에는 죽을 때가 되어야 실을 다 뽑아내고

蓬萊此去無多路, 靑鳥殷勤爲探看.

이번에 감상할 시는 만당(晚唐) 최고의 시인 이상은(李商隱; 813~858)의 시이다. 중국 시는 당나라 때 최고의 성과를 거두는데 우리가 잘 아는 왕유(王維)·이백(李白)·두보(杜甫)·백거이(白居易)가 이 시기에 활동했다. 이상은은 이들의 뒤를 잇는 대작가이다. 자신의 나라는 패망의 길로 접어들고 있었지만 그의 작품은 당나라의 마지막 시기를 환하게 빛냈다.

❀ 작은 이백(小李) 이상은

이상은은 만당의 대시인이다. 자는 의산(義山)이고, 호는 옥계생(玉溪生)이다. 문학사에서는 같은 시기에 활동한 시인 두목(杜牧; 803~852)과 더불어 "작은 이백과 두보"라는 의미로 "소이두(小李杜)"로 부른다. "이백"에 비교될 정도였으니 그의 문학적 위상을 충분히 짐작할 수 있다. 그러나 그는 큰 문학적 성취를 거두었음에도 여타의 작가들처럼 관운이 좋지 않았다. 17세 때 영호초(令狐楚)에게 문재를 인정받아 그의 막부(幕府)에 있었다. 25세가 되던 개성(開成) 2년(837), 영호도(令狐綯)의 천거로 진사(進士)에 합격하고, 다음 해에 왕무원(王茂元)의 사위가 된다. 그런데 여기에 문제가 있었다. 당시 영호초와 왕무원은 정적관계에 있었기 때문이었다. 영호초와 영호도는 우승유(牛僧儒) 파에 속했고, 왕무원은 이덕유(李德裕) 파에 속했다. 당시 당나라 조정은 우승유 일파와 이덕유 일파가 정쟁을 일삼고 있었다. 이상은이 왕무원의 사위가 된 것은 자신을 정계에 입문시킨 영호초와 영호도의 의리를 저버린 것이었다. 이렇게 되자 그는 어느 쪽으로부터 신임을 받지 못하고

92

만당(晩唐)의 대시인. 자는 의산(義山), 호는 옥계생(玉溪生) 혹은 번남생(樊南生)이며, 회주(懷州) 하내(河內; 지금의 河南省 沁陽縣) 사람이다. 당 문종(文宗) 개성(開成) 2년(837)에 진사에 급제하여 비서성교서랑(秘書省校書郎)·홍농위(弘農尉) 등의 관직을 지냈다. 그의 시는 전고의 운용이 뛰어나고 자구가 정련되어 있으며 함축적이라는 평가를 받는다. 시 중에서 애정시가 유명하며 대표작품으로는 ≪무제(無題)≫·≪금슬(錦瑟)≫·≪야우기북(夜雨寄北)≫ 등이 있다.

이상은(李商隱)의 모습

평생을 지방에서 전전하게 된다. 이상은과 동시대 사람인 최각(崔珏)이 ≪이상은을 슬퍼하며(哭李商隱)≫에서 "탁월한 재주도 부질없어라, 평생도록 가슴 한 번 제대로 펴보지 못했네(虛負凌雲萬丈才, 一生襟抱未曾開)."라고 읊은 것은 그의 일생을 잘 설명해준다.

❀ 이상은의 "무제시(無題詩)"

이상은의 시는 현재 총 595수가 전한다. 나라를 걱정하는 마음과 회재불우(懷才不遇)한 심정을 읊은 내용들이 주류를 이루나 그를 대시인의 반열에 올린 것은 이른바 "무제시(無題詩)"이다. 현재 이상은이 쓴 "무제시"는 약 100수 정도가 전하는데 대부분이 남녀의 연정을 읊고 있다. 그의 "무제시"들은 음률미가 뛰어나고 함축적인 의미가 깊어 당시(唐詩)의 예술적 수준을 한 단계 높였다는 평가를 받는다. 무제시 중에서 가장 널리 회자인구가 되는 시가 바로 이 시라고 할 수 있다. 시에 "무제"라는 제목을 붙인 것은 이상은이 처음으로 명명한 것이다. "무제시"란 작가가 작품의 내용을 밝히기

_____ 11 봄누에는 죽을 때가 되어야 실을 다 뽑아내고

꺼려하거나 제목이 여의치 않아서 붙인 것이라고 할 수 있다.

🌸 중국애정시의 "성스러운 손(聖手)"

시는 7언 율시(律詩) 형식으로 되어있다. 첫째 구절에서는 "난(難)"이 두 번 나오고 있다. 한 수의 시에서 같은 글자를 두 번 사용하는 것은 금기시하는 것인데 이곳에서는 한 구에서 두 번 나오고 있다. 그 자체가 파격인 것이다. "난"자의 사용은 사랑하는 사람을 만나고 이별하는 어려움을 하소연한 것이다. 두 번째 구절은 늦봄에 꽃들이 지는 모습을 묘사했다. 이 구절에서 힘이 없는 동풍과 시드는 꽃은 작가 자신이 처한 현실과 마음을 대변한다. 사랑하는 여인과 함께 할 수 있다면 주위의 경물은 늦봄이라도 생기발랄하게 보였을 것이다. 그러나 사랑하는 여인과 곧 헤어지려니 주위의 모든 경물들이 부질없고 초라해보였던 것이다. 경물에 자신의 마음을 담아 표현한 것이라고 할 수 있겠다. 또 먼저 경물을 묘사하고(寫景) 뒤에 정을 묘사하는(抒情) 중국 시의 전통을 뒤집고 있다. "난"자의 두 번 사용과 묘사의 순서를 뒤집은 것은 이 두 구에서 나타나는 형식상의 특징이자 임에 대한 그리움이 그만큼 간절함을 나타내는 것이라고 할 수 있다. 세 번째와 네 번째 구절은 이 시에서 가장 뛰어난 부분이다. 임에 대한 사랑이 죽어서도 변치 않을 것임을 나타낸다. 세 번째 구절의 "사(絲)"는 "사(思)"와 발음이 같다. 봄 누에가 실을 다 토하고 죽듯 자신도 임에 대한 사랑이 죽어서야 끝날 것임을 보여준다. 넷째 구절도 셋째 구절과 상통한다. 이곳에서 "루(淚)"는 촛농을 말하나 사실은 작가의 그리움의 눈물을 의미한다. 앞 구절과 마찬가지로 초가 다 타야 촛농이 나오지 않듯 임에 대한 사랑은 자신이 죽어야 끝날 것임을 의미한다. 세 번째와 네 번째 구절은 "사"와 "루"의 의미가 절묘

94

하여 깊은 의미를 전해준다. 다섯째와 여섯째 구절은 임과의 이별 후에 오는 작가의 공허감과 비통함을 묘사했다. 다섯째 구절은 임 생각에 흰 머리카락이 더해지는 것을 걱정함을 나타냈다. 여섯째 구절은 밤에 임 생각에 외로움을 묘사했다. 다섯째 구절의 "효(曉)"와 여섯째 구절의 "야(夜)"가 서로 대조를 이루며 끝없는 작가의 우울한 기분을 묘사해준다. "운빈개(雲鬢改)"와 "월광한(月光寒)"은 신체상의 변화와 주위 경물의 상태로 작가가 느끼고 있는 이별의 고통을 보여준다. 일곱째 구절과 여덟째 구절은 임이 어떻게 지내는지를 알아보고자 하는 마음을 나타냈다. 일곱째 구절의 "봉래(蓬萊)"는 원래 바다에 있는 신선이 사는 곳인데 이곳에서는 임이 있는 곳을 말한다. 여덟째 구절의 "청조(靑鳥)"는 서왕모(西王母)의 심부름을 하는 신조(神鳥)이다. 자신은 가지 못해도 "청조"를 통해서라도 임의 소식을 알고 싶은 작자의 간절한 바람을 나타내고 있다. 시의 구절구절마다 작가의 임에 대한 간절한 그리움이 묻어나고, 절묘한 대구와 파격적인 형식을 사용했다. 장보춘(姜伯純)은 이 시를 "향기롭고 고우면서 경박하지 않고, 청려하면서 천박하지 않으며, 글자를 넣는 것·문장을 만드는 것·전고를 사용하는 것이 모두 가장 아름다운 경지로 표현되고 있어 중국 애정시의 성스러운 손이다 (香艷而不輕薄, 淸麗而不浮淺, 用字造句及用典, 均能表現出最美的境界, 是國愛情詩的聖手)."(≪중국문학명저흔상(中國文學名著欣賞)≫)라고 평했는데 아주 적절하다고 보여진다.

❀ 시에서 그리는 임은 누구일까

이 시에서 그리는 임이 누군지에 대해서는 역대로 여러 가지 해석이 있다. 정리해보면 아래 몇 가지로 요약할 수 있다.

_____ 11 봄누에는 죽을 때가 되어야 실을 다 뽑아내고

1. 평생 자신을 아파한 시가에는 시인과 영호도의 미묘하고도 파란만장한 관계가 반영되어있다(自傷生平的篇什中, 反映詩人和令狐綯曲折微妙關係). (楊柳 ≪李商隱評傳≫)
2. 이 시는 이상은이 서주의 막부에 있을 때 부인 왕씨의 병이 위독하다는 소식을 듣고 쓴 것이다(這首詩是李商隱在徐州幕中時聽到王氏病重的消息而寫的). (藍干 ≪李商隱詩論稿≫)
3. 의산과 궁녀의 애정시이다. 이 시는 선종 대중 5년 의산이 장안에서 동촉으로 가게 되는데 이때 장안을 떠나면서 지은 것이다. '상견시난별역난'이 이것이다(義山與宮女之情詩, 此詩蓋係宣宗大中五年, 義山由京赴東蜀, 離長安作, 所謂'相見時難別亦難'也). (朱偰 ≪李商隱和他的詩≫)
4. 이 시는 이별과 그리움을 쓴 애정시이다(這首詩寫離別相思的愛情詩). (陳永正 ≪李商隱詩選≫)

여러 학자들의 견해를 보면, 시를 지은 까닭은 자신의 발탁해준 영호도에 대한 변함없는 마음을 나타냈다는 설과 부인 왕씨·궁녀나 비빈을 위해 지었다는 설이 있음을 알 수 있다. 필자의 생각으로는 1(영호도)과 2(부인 왕씨)의 경우는 아닐 것이라고 생각한다. 1의 경우는 시의 전체 분위기가 상당히 여성적이며 간절하기 때문에 자신의 발탁해준 대 정치가에게 이렇게 쓸 수는 없다고 생각한다. 1의 경우는 정치적인 관점에서 접근한 설이라고 볼 수 있다. 2의 경우는 시가 담고 있는 간절한 분위기는 이해되지만 위중한 부인에게 이렇게 은근하게 시를 보낼 수 있는지 의문이다. 부인의 병이 위중했다면 진지한 위로와 안부의 말이 등장해야 되지 않을까 싶다. 그렇다면 이 시는 작가가 한때 마음에 들어 했던 여인, 즉 2·3의 경우를 대상으로 한 애정시가 아닌가 싶다. 시의 제목이 정해져 있지 않고 내용이 은근한 것도 이를 뒷받침한다.

✿ 후대의 영향

이상은의 시는 그 뛰어난 예술성과 문학성으로 인해 후대 시인들이 모방하는 대상이 되었다. 중국의 저명학자 스저춘(施蟄存; 1905~2003)은 후대에 가장 영향력이 있는 시인으로 이백·두보·백거이도 아닌 이상은이라고 했다. 그의 이유는 후대 문인들이 그의 시를 가장 좋아하고 많이 모방했다는 것이었다. 청나라 사람 손수(孫洙)가 편찬한 ≪당시삼백수(唐詩三百首)≫에는 이상은의 시가 총 22수 수록되어 있다. 이는 두보 38수, 왕유(王維) 29수, 이백 27수 다음으로 많은 분량이다. 만당 때 이미 한악(韓偓)·오융(吳融)·당언겸(唐彥謙)이 이상은의 시를 공부했다. 송대에 오면 이상은의 시를 배우는 사람들이 더욱 많아졌다. 청나라 사람 섭섭(葉燮; 1627~1703)은 "송나라 사람의 칠언은 대개 두보를 배우는 자가 십에 육, 칠이고, 이상은을 배우는 자가 삼, 사이다(宋人七絶, 大槪學杜甫者什六七, 學李商隱者什三四)."(≪원시(原詩)≫)라고 했다. 북송 초기의 양억(楊億)·유균(劉筠)·전유연(錢惟演) 등은 이상은의 시를 배워 서로 창화(唱和)하며 ≪서곤수창집(西崑酬唱集)≫을 남겼다. 이것이 북송 초기의 문단은 유미주의로 물들인 서곤체(西崑體)이다. 조금 후대의 왕안석(王安石)도 이상은의 시를 공부하며 그의 시를 아주 높게 평가했는데 "두보라도 넘어서지 못한다(雖老杜無以過也)."(≪채관부시화(蔡寬夫詩話)≫)라고 했을 정도였다. 명대에는 전칠자(前七子)·후칠자(後七子)와 진자룡(陳子龍; 1608~1647)·전겸익(錢謙益; 1582~1664)·오위업(吳偉業; 1609~1672) 등이 이상은의 영향을 받았다. 또 명·청대 애정시를 쓰기 좋아하는 시인들은 이상은의 무제시를 공부했다. 민국(民國) 시기 원앙호접파(鴛鴦蝴蝶派)의 소설에 나오는 애정시도 이상은의 영향을 받았다.

_____ 11 봄누에는 죽을 때가 되어야 실을 다 뽑아내고

연꽃 향 다하면 푸른 잎은 시들고,

물결 사이로 부는 서풍에 이는 근심.

낯빛과 함께 수척해졌으니,

차마 볼 수 없구나.

꿈에 먼 계새(鷄塞)로 갔다

가는 빗소리에 돌아와,

작은 누각에서 마지막 한 곡 다 불고 나니

옥 생황마저 촉촉해졌네.

이 끝없는 한 땜에

얼마나 눈물 흘려야 할까,

난간에 기대서.

✤ 《**완계사(浣溪沙)**》

菡萏香銷翠葉殘,

西風愁起綠波間.

還與容光共憔悴,

不堪看.

細雨夢回雞塞遠,

小樓吹徹玉笙寒.

多少淚珠何限恨,

倚闌干.

🌸 남당(南唐 ; 937~975)의 건국과 패망

　　남당은 오대십국(五代十國; 907~960) 시기 지금의 양자강 하류를 기반으로 세워진 나라이다. 남당은 39년 동안 세 명의 황제가 나라를 다스렸다. 초대 황제는 이변(李昪)으로, 역사에서는 그를 선주(先主)라고 부른다. 이경(李璟; 916~961)은 2대 황제로 역사에서는 그를 중주(中主)라고 부르며, 그의 아들이자 마지막 황제인 이욱(李煜; 937~978)을 역사에서는 후주(後主)라고 부른다.

　　서기 937년 서지호(徐知浩; 888~943)는 오(吳)나라의 임금 양부(楊溥)를 폐위시키고 직접 제위에 올라 국호를 대제(大齊)라고 했다. 이듬해 서지호는 이름을 이변(李昪)으로 바꾸고 국호를 당(唐)으로 고치는데, 역사에서는 이를 당나라와 구분하기위해 남당이라고 한다. 남당을 세운 이변은 즉위 후 전쟁을 자제하고 백성들의 삶을 안정시키는 정책으로 번영의 기틀을 마련했다. 그의 치세에 남당의 경제는 공전의 번영을 구가했고, 중원의 많은 인재들이 전란을 피해 남당으로 몰려들면서 문화도 번영했다. 승원(昇元) 7년(943) 이변이 세상을 떠나자, 이경은 28세의 나이로 제위에 올랐다. 이경이 즉위했을 무렵 남당은 오월(吳越)과 남방영토를 두고 치열한 전쟁을 벌이고 있었

오대십국 시기 남당의 두 번째 임금. 자는 백옥(伯玉)이고, 초명은 이경통(李景通)이다. 서주(徐州) 사람으로, 남당 열조(烈祖) 이변(李昇)의 장자이다. 943년 즉위하여 대외확장정책을 펼쳐 초(楚)와 민(閩)을 멸망시켜 남당의 국세를 키웠다. 후에 국정을 제대로 돌보지 않아 부친 이변이 일군 태평성세를 무너뜨리고 후주(後周)에 신하로 복종하였다. 961년 46세로 세상을 떠나고 제위를 여섯 째 아들인 이욱(李煜)에게 물려주었다. 그의 작품은 ≪남당이주사(南唐二主詞)≫에 4수가 남아있다. 문학을 애호하여 총신 한희재(韓熙載)·풍연사(馮延巳) 등과 시를 짓기도 하였다. 그의 작품은 감정이 진솔하고 화려한 수식을 가하지 않은 것이 특

남당(南唐) 중주(中主)
이경(李璟)의 모습

징으로, 이는 여인의 용모와 복식만을 묘사한 서촉(西蜀) 사(詞)에 볼 수 없는 새로운 경지를 연 것으로 평가받는다.

다. 오월은 중원의 나라들과 호응해 남과 북에서 남당을 공격했다. 이경은 오월을 공격하기 위해 보대(保大) 3년(945) 민국(閩國)에 내란이 일어난 틈을 타서 건주(建州)·정주(汀州)·장주(漳州)를 차지하여 민국을 멸망시키고 민왕(閩王) 왕연정(王延政)을 생포하였다. 그러자 오월국도 출병하여 남당과 민국의 땅을 비롯한 복주(福州)까지 차지했다. 보대 7년, 이경은 회북(淮北)의 후진(後晉)·후한(後漢) 교체기를 틈타 황보휘(皇甫暉)를 해주(海州)와 사주(泗州) 등으로 보내 여러 무장 세력과 사방으로 흩어진 유민들을 흡수하였다. 보대 9년에는 마희월(馬希粤)과 마희숭(馬希崇)의 군대가 대치하고 있는 틈을 타서 남초(南楚)를 멸망시켰다. 보대 13년(955)에서 교태(交泰) 원년(958)까지 북쪽의 후주(後周)가 세 차례 남당을 침략했다. 이로 남당은 수세에 몰리게 되었다. 후주 세종(世宗) 시영(柴榮; 921~959)이 직접 군사를 거느리고 파죽지세로 남하하여 남당군을 궤멸시키고 사주·호주(濠州)·초주(楚州) 등을 점령했다. 이에 이경은 시영에게 글을 올려 태자 홍기(弘冀)에게 양위하고 양자강 이북의

101

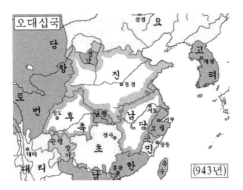

오대십국 시기의 나라*

땅을 바칠 것이며 자신은 양자강 이남으로 물러나겠다는 조건을 올린다. 후주의 예봉을 피하기 위해 이경은 홍주(洪州)로 천도하고 남창부(南昌府)라고 이름 했다. 이로 남당의 국력은 크게 쇠퇴했다.

송 건륭(建隆) 2년(961) 이경이 세상을 떠났다. 장자 이홍기(李弘冀)는 이미 세상을 떠난 상태였기 때문에 여섯 째 아들 이욱이 즉위했다. 이욱이 즉위했을 무렵 남당은 내부적으로 큰 혼란에 직면해있었다. 남당은 북쪽의 중원지방에서 나는 소금을 구입하기 위해 막대한 자금을 중원의 나라에 지불했다. 이로 국내의 세금을 올리면서 백성들의 원성이 자자했다. 게다가 조정내부에서는 당쟁이 격화되어 인심은 남당을 떠나고 있었다. 이런 상황에서 이욱은 문학과 서화에는 뛰어난 재능을 보였지만 무너져가는 나라를 구제할 지도력이 없었다. 송은 남한(南漢)을 멸한 후 남당을 삼면에서 포위해 들어왔다. 후주 이욱은 송에게 신하로 자칭하면서도 뒤로는 병력을 양자강 하류지역에 배치하며 송의 침공에 대비하였다. 송 개보(開寶) 7년(974) 9월 조광윤(趙匡胤; 927～976)은 이욱이 입조하라는 명을 거절했다는 이유로 10여만의 병력을 보내 남당을 침공했다. 10월 송나라 군사들은 양자강을 넘어 파죽지세로 남당군을 물리쳤다. 개보 8년 3월 송나라 군사들은 금릉성 아래까지 진격했다. 엎친 데 덮친 격으로 6월에는 오월군이 금릉 동쪽의 윤주(潤州)를 함락하여 금릉성은 송군과 오월군의 포위상태에 놓였다. 후주는 다른 지역에 구원을 요청했으나 이미 때가 늦었다. 11월 12일 북송의

*출처: http://blog.naver.com/lee1771916

대장군 조빈(曹彬)은 삼면에서 성을 공격하였다. 남당의 오천여 병사들은 끝까지 저항했지만 수포로 돌아가고, 결국 27일에 성은 함락되고 이욱은 투항했다. 이로써 남당은 패망하였다.

✿ 이백(李白)에 필적하는 이경의 사

10세기 초 중국문학은 당나라의 분열로 시(詩)와 일세를 풍미했던 고문운동(古文運動)이 쇠락의 길을 걷고 있었다. 이 와중에 상대적으로 정국이 안정되고 물자가 풍부했던 양자강 상류의 서촉(西蜀)지역과 하류의 강남지역에서는 사(詞)가 새로운 장르로 발전하기 시작했다. 사란 시보다 격률이 느슨하고 글자 수가 상대적으로 자유로운 형식으로, 시여(詩餘) 혹은 장단구(長短句)라고도 한다. 이 형식은 당나라 중기부터 지어지기 시작하여 오대십국 시기를 거쳐 송나라 때 크게 유행하여 한 시대를 대표하는 문학으로 자리매김한다. 서촉에서는 ≪화간집(花間集)≫의 사 작가들이 중심이 된 서촉사인(西蜀詞人)들이, 강남에서는 풍연사(馮延巳; 903~960)·이경·이욱이 중심이 된 남당사인(南唐詞人)들이 활발하게 활동했다. 940년 무렵에 나온 ≪화간집≫과 달리 남당사(南唐詞)는 서촉사(西蜀詞)가 크게 지어지기 시작한 후인 950년에서 970년에 집중적으로 지어졌다. 뒤에 기술하겠지만 남당 사는 서촉 사보다 문학사적 성취가 더 뛰어났다. 그중에서도 이경과 이욱의 성취가 뛰어났다. 중국학자 리우위판(劉毓盤)은 이를 ≪사사(詞史)≫에서 이렇게 말한다.

사를 말하는 사람들은 반드시 세 명의 이씨를 말해야 하는데, 당의 이백, 남당의 두 임금과 송의 이청조가 그들이다(言詞者必首數三李, 謂唐之太白, 南唐之二主及宋之易安也).

이곳의 "남당의 두 임금"이 바로 이경과 이욱을 가리킨다. 이백·이청조와 함께 거론될 정도였으니 이들이 사의 발전에 얼마나 큰 기여하였는지 알 수 있다.

이경은 남당 선주 이변의 장자인 동시에 남당의 중주이자 이욱의 부친이다. 이경은 943년 28세의 나이로 제위에 올랐다. 그는 성격이 유약했고 국정을 제대로 돌보지 않아 부친 이변이 이룩한 태평성세를 잃고 후주(後周)에 구차하게 신하로 복종했다. 그는 군주의 자질은 부족했지만 문학적 재능은 뛰어나 주옥같은 작품을 문학사에 남겼다. 현재 학자들의 고증에 의하면, 그의 사는 4수가 전한다. 이경의 사에는 나라와 백성들에 대한 진지한 성찰과 관심이 반영되어있다는 점에서 여인들의 용모와 복식만을 묘사한 서촉 사와 달랐다. 여기에 이경의 사는 경물을 이용하여 자신의 감정을 절묘하게 기탁하고 있는데, 그 기탁함이 너무 자연스러워 억지로 꾸민 티가 나타나지 않았다. 이경의 사는 황제로서 느꼈던 나라와 백성에 대한 고민과 우려에 자신의 문학적 재능과 감수성이 더해져 서촉 사가 가진 한계를 넘었고, 남당 사의 본격적인 발전에 길을 열어주었다. 부친의 사풍을 이어받아 남당사의 발전을 최고도로 끌어올린 인물이 바로 그의 아들 이욱이다.

❀ 문학사에 이름을 남기게 해준 작품

이 사는 가을의 슬픔을 노래하고 있다. 이 사는 중주 이경을 중국문학사에 이름을 떨치게 해준 대표작이다. 이경은 당시 이 사를 지어 금릉(金陵)의 명기(名妓)에게 직접 써서 내려주었는데, 신하인 풍연사가 아주 부러워했다고 한다. 또한 송나라의 왕안석(王安石; 1021~1086)도 이 사를 격찬한 것으로 유명하다.

　첫째 단락의 첫째 구절과 둘째 구절은 가을 연못과 그 물결 위로 불어오는 스산한 가을바람을 묘사하면서 화자의 시름 어린 마음을 보여주고 있다. 한편으로 "연꽃"과 "푸른 잎"은 아름다운 생명을 나타내는데 이것이 시든다는 것은 화자의 심신이 지치고 의기소침해지는 것에 비유할 수 있겠다. 각각 "다하다(銷)"와 "시들다(殘)"와 결합하여 더욱 강렬하면서 처량한 모습을 연출하고 있다. 그래서 이어지는 구절에서 "낯빛과 함께 수척해졌으니"라고 하였다. 마지막 구절 "차마 볼 수 없네."에서 화자가 심적으로 감당하는 시름이 적지 않은 것임을 잘 알 수 있다. 이 셋째 구절과 넷째 구절에 대해 청나라 사람 진정작(陳廷焯; 1853~1892)은 ≪백우재사화(白雨齋詞話)≫(권1)에서 "극도로 가라앉고, 극도로 답답하며 처량하며 끊어지려고 한다. 후주(이욱)가 마음을 잘 전한다지만 결국은 그보다 뛰어나지 않다(沉之至, 鬱之至, 淒然欲絶, 後主雖善言情, 卒不能出其右也)."라고 하였는데, 충분히 이해가 가는 대목이다. 일국의 통치자여서 일까? 그의 시름은 일반사람이 느끼는 시름보다 더 컸으리라.

　둘째 단락의 첫째 구절은 임이 그리웠으면 꿈속에서 저 먼 계새(雞塞)까지 간 것을 읊었다. 꿈속에서 임을 찾으러 간 것도 잠시 가는 빗소리에 꿈에서 현실로 돌아왔다. "가는 빗소리"라서 더 애절한 느낌을 든다. 만약 더 굵은 빗줄기가 내렸다면, 마음이라도 후련했을 것인데. 작가가 문장 하나하나에 의미를 두었음을 볼 수 있는 대목이다. 꿈에서 깨니 다시 마음이 아파오고 이를 잊으려고 누각에서 노래를 부른다. 노래를 많이 불러 옥 생황마저 젖어버렸다. 이곳에서 "한(寒)"의 의미가 절묘하다. "한"의 원의는 "차갑다"인데 이곳에서는 악기를 많이 불어 악기 내의 구멍에 사람의 입김으로 인해 습기가 차고, 이것이 식어 차갑게 된 것을 말한다. 이 모든 것을 "한"자 하

105

나로 풀이했으니 절묘하다고 말할 수밖에 없다. 이것으로 그 시름을 잊기 위해 얼마나 노래를 불렀는지 알 수 있다. 결국 노래를 많이 불러도 시름만 더해질 뿐 도통 시름이 가시질 않는다. 그래서 화자는 "이 끝없는 한"에 탄식한다. 마지막 구절 "난간에 기대서"도 긴 여운을 남긴다.

헤아릴 길 없는 아스라한 내 마음

渺渺兮予懷 **13**

[北宋] 소식(蘇軾; 1036~1101)

(원풍 5년) 임술년 가을, 7월 16일에 나는 손님과 함께 배를 띄워 적벽 아래에서 노닐었다. 선선한 바람이 서서히 불어오고, 물결은 일지 않았다. 술을 들어 손님에게 권하고, 명월(明月)의 시를 읊고, "요조(窈窕)"의 노래했다. 조금 후, 달이 동쪽 산 위에서 나와, 두성(斗星)과 우성(牛星) 사이를 오갔다. 하얀 이슬이 강을 뒤덮고, 물빛은 하늘에 닿아있었다. 작은 배가 가는대로 맡겨두고, 안개 자욱한 가없는 수면 위를 떠다녔다. 배가 세차게 허공을 가르고 바람을 몰아가듯 나아가니, 어디까지 갈지 몰랐다. 마음이 가벼워지더니 세상을 버려두고 홀로 서고, 몸에 깃털이 돋아 하늘로 올라가 신선이 된 것만 같았다.

이에 술을 마시다 흥이 더욱 생겨, 뱃전을 두드리며 노래를 불렀다. 노래하길 "계수로 만든 노와 목란으로 만든 삿대로, 맑은 강물을 저어 달빛이 흔들거리는 강을 거슬러 올라가네. 헤아릴 길 없는 아스라한 내 마음, 하늘가 저 먼 곳의 임을 바라보네." 손님 중에 통소를 부는 사람이 있었다. 그가 내 노래를 듣고 화답했다. 그 구슬픈 소리는 원망하는 듯 그리워하는 듯, 우는 듯 하소연 하는 듯 했다. 여음이 아득히 이어지며 실처럼 끊기지 않았다. 그윽한

107

골짜기의 잠룡을 춤추게 하고, 외로운 배의 과부를 울게 할 듯 했다.

나는 정색하고 옷을 바로 하고, 단정하게 앉아 손님에게 물었다. "(소리가) 왜 이리 처량한 것입니까?" 손님이 말했다. "'달은 밝고 별은 드문데, 까마 귀와 까치는 남쪽으로 날아가네.' 이는 조맹덕(曹孟德)의 시가 아니겠습니까? 서쪽으로 하구(夏口)를 바라보고, 동쪽으로 무창(武昌)을 바라보니, 산천은 서 로 이어지고, 초목은 울창하고 푸르니, 이곳은 맹덕이 주유(周瑜)에게 패전한 곳이 아니겠습니까? 그가 형주(荊州)를 깨고, 강릉(江陵)을 함락하고자, 강동(江 東)을 따라 내려갈 때는 전선이 천리까지 이어졌고, 깃발들은 하늘을 뒤덮었 습니다. 술을 걸러 강에 제사지내고, 긴 창을 잡고 시를 읊었으니, 정말이지 일대의 호걸이었습니다. 그러나 지금 어디에 있습니까? 하물며 나와 선생이 강가에서 고기를 잡고 땔나무를 하고, 물고기와 새우를 벗하고 사슴과 고라

적벽에서 손님과 노니는 모습

니와 노니는 것이야 더 말해서 뭐 하겠습니까! 나뭇잎 같은 작은 배 를 타고, 술잔을 들어 서로 권합니 다. 우리네 인생은 하루살이처럼 천지간에 잠깐 살다 가고, 큰 바다 의 한 톨의 쌀처럼 미묘합니다. 내 생이 짧음을 슬퍼하고, 장강의 무 궁함을 부러워합니다. 날아다니는 신선에 끼여 노닐고, 밝은 달을 안고 영원히 있고 싶어도, 갑자기 이룰 수 없음을 알기에, 퉁소의 여음을 처량한 바람 속에 기탁해본 것입니다."

내가 말했다. "손님도 저 물과 달을 아시는지요? 강물은 낮과 밤을 가리 지 않고 흐르나 다른 곳으로 가는 법이 없습니다. 달은 찰 때도 있고 빌 때 도 있으나 시종 그 모양을 바꾸지 않습니다. 그 변화하는 것으로 보면, 천

지는 한 순간이라도 멈추지 않습니다. 그 변화하지 않는 것으로 보면, 사물과 나는 모두 끝이 없으니, 무엇을 또 부러워하겠습니까? 게다가 천지간의 사물에는 각자 주인이 있습니다. 내 것이 아니라면, 가는 털 하나라도 가져갈 수 없습니다. 강의 선선한 바람과 산의 밝

조맹부(趙孟頫)가 쓴 ≪적벽부≫

은 달만은 귀로 들으면 소리가 되고, 눈으로 보면 색이 됩니다. 이것들을 써도 막는 사람은 없습니다. 써도 끝이 없는 것은 대자연의 무궁한 보물이자, 나와 선생께서 함께 즐기는 것입니다."

손님이 즐거워서 웃고는 잔을 씻고 다시 술을 따라 마셨다. 안주와 과일들은 이미 다 먹었고, 잔과 쟁반들은 어지럽게 늘려져 있었다. 배에서 서로 기대 채 자다보니, 어느 덧 동방이 이미 밝아왔다.

❖ ≪적벽부(赤壁賦)≫

壬戌之秋, 七月旣望, 蘇子與客泛舟, 遊於赤壁之下. 淸風徐來, 水波不興. 擧酒屬客, 誦明月之詩, 歌窈窕之章. 少焉, 月出於東山之上, 徘徊於斗牛之間. 白露橫江, 水光接天. 縱一葦之所如, 凌萬頃之茫然. 浩浩乎如憑虛御風, 而不知其所止, 飄飄乎如遺世獨立, 羽化而登仙.

於是飮酒樂甚, 扣舷而歌之. 歌曰: "桂棹兮蘭槳, 擊空明泝流光. 渺渺兮予懷, 望美人兮天一方." 客有吹洞簫者, 倚歌而和之, 其聲嗚嗚然, 如怨如慕, 如泣如訴. 餘音嫋嫋, 不絶如縷. 舞幽壑之潛蛟, 泣孤舟之嫠婦.

蘇子愀然, 正襟危坐, 而問客曰: "何爲其然也?" 客曰: "'月明星稀, 烏鵲南飛' 此非曹孟德之詩乎? 西望夏口, 東望武昌, 山川相繆, 鬱乎蒼蒼, 此非孟德之困於周郎者乎? 方其

109

破荊州, 下江陵, 順流而東也, 舳艫千里, 旌旗蔽空, 釃酒臨江, 橫槊賦詩, 固一世之雄也,
而今安在哉? 況吾與子漁樵於江渚之上, 侶魚蝦而友麋鹿, 駕一葉之扁舟, 舉匏樽以相屬,
寄蜉蝣於天地, 渺滄海之一粟. 哀吾生之須臾, 羨長江之無窮, 挾飛仙以遨遊, 抱明月而長
終. 知不可乎驟得, 託遺響於悲風."

　　蘇子曰: "客亦知夫水與月乎? 逝者如斯, 而未嘗往也. 盈虛者如彼, 而卒莫消長也. 蓋
將自其變者而觀之, 則天地曾不能以一瞬; 自其不變者而觀之. 則物與我皆無盡也, 而又何
羨乎? 且夫天地之間, 物各有主. 苟非吾之所有, 雖一毫而莫取. 惟江上之清風, 與山間之
明月, 耳得之而爲聲, 目寓之而成色, 取之無禁, 用之不竭, 是造物者之無盡藏也, 而吾與
子之所共適."

　　客喜而笑, 洗盞更酌, 肴核旣盡, 盃盤狼藉. 相與枕藉乎舟中, 不知東方之旣白.

✿ 가족의 잇따른 사망과 4개월의 옥고

　　소식은 가우(嘉祐) 6년(1061) 8월 제과(制科)에 제3등급으로 합격한 뒤, 같은
해 10월 봉상부첨판(鳳翔府簽判)으로 관직생활을 시작했다. 치평(治平) 2년
(1065), 영종(英宗)은 소식을 경사로 불러들여 판등문고원(判登聞鼓院)에서 일하
게 했다. 영종은 소식의 문재(文才)를 잘 알고 있었던 터라 다시 그를 한림원
지제고(翰林院知制誥)에 임명하려고 했다. 그러나 재상 한기(韓琦; 1008~1075)의
반대로 좌절되었다. 이에 영종은 소식에게 한림학사원(翰林學士院)에서 치르
는 특별시험인 소시(召試)를 거쳐 관직(館職)에 임명했다. 그해 2월 최고의 성
적으로 소시에 급제한 소식은 마침내 전중승직사관(殿中丞直史館)에 임명되었
다. 그러나 얼마 지나지 않아 집에 연이은 불행이 찾아왔다. 직사관이 된
지 3개월도 안된 치평 2년 5월 28일에 아내 왕불(王弗)이 사망하고, 아내가
죽은 지 또 1년도 안된 치평 3년 4월 25일에 아버지 소순(蘇洵; 1009~1066)
이 세상을 떠났던 것이었다. 소식은 희령(熙寧) 원년 7월에 아버지의 삼년상

110

을 끝냈다. 그해 10월 재혼하고 12월에 가족을 데리고 경사로 다시 돌아왔다. 희령 2년 2월 경사로 돌아온 소식은 판관고원겸판상서사부(判官告院兼判尙書祠部)에 임명되었다. 그러나 당시 부재상격인 참지정사(參知政事)로 있던 왕안석(王安石)이 이끄는 신법파(新法派)와 대립하면서 신변의 위험을 느꼈다. 이에 신종(神宗)에게 지방관으로 보낼 줄 것을 자청했다. 신종은 소식을 항주통판(杭州通判)에 임명해 후일을 도모할 수 있도록 해주었다. 소식은 이후 밀주지주(密州知州)·서주지주(徐州知州)·호주지주(湖州知州)를 차례로 거치며 민정을 살폈다. 그런데 호주지주로 있을 때 ≪호주사표(湖州謝表)≫라는 신법파의 정책을 비난하는 글을 올렸다가 신법파의 탄핵을 받고 4개월 동안 옥고를 치렀다. 이것이 그 유명한 오대시안(烏臺詩案)이다. 소식은 원풍 2년 12월 20일에 풀려나고, 원풍 3년(1080) 1월 1일에 황주로 향하는 귀양길에 올랐다. 소식은 원풍 7년(1084) 3월에 조정으로부터 유배지를 여주(汝州; 지금의 河南省 汝州)로 옮기라는 명을 받고 5년 동안의 황주 생활을 마감하게 된다.

✿ 인생의 전환점이 된 황주로의 유배

소식이 황주에 도착한 것은 원풍 3년(1080) 2월 1일이었다. 아내와 아버지의 잇단 사망과 4개월의 옥고를 치른 소식은 이런 참담한 현실에서 벗어나고 싶었다. 소식은 2~3일에 한번 황주에서 남쪽으로 5리쯤 떨어진 곳의 안국사(安國寺)라는 절에 가서 향을 피우고 묵상에 잠기면서 마음을 다스렸다. 이곳에서 절의 주지스님 계련(繼連)에게서 불교의 교리와 인생철학을 배우면서 자신을 둘러싼 인생과 사회문제들을 새롭게 인식했다. 이는 황주로 유배오기 전 엄청난 시련을 겪은 소식에게는 자신을 돌아볼 수 있는 좋은 시간이었다. 그는 이렇게 함으로써 세상일은 물론 자신의 존재마저도 잊을

111

수 있었다. 이 무렵 소식은 불교뿐만 아니라 도교에도 관심이 많았다. 도교도 불교와 마찬가지로 세속의 가치를 부정하기 때문에 세속적인 일로 고통을 받고 있는 그로서는 정신적인 위안을 얻을 수 있는 좋은 안식처라고 생각했던 것이다. 이렇게 황주에서 소식은 불교와 도교에 심취하면서 자신이 겪은 고난을 잊고 마음을 다스렸다. 이것은 황주로 오기 전에 가졌던 진취적인 마음과는 상당한 대조를 이룬다. 소식의 이런 모습은 ≪적벽부≫ 창작에 밑바탕이 되었다.

✿ 유배지에서 탄생한 불후의 명작

≪적벽부(赤壁賦)≫는 중국문학을 대표하는 불후의 명작이다. 작품은 원풍(元豊) 5년(1082) 7월 16일에 지어졌는데, 소식이 황주로 유배 온지 2년 6개월이 조금 넘어선 시점이 된다. 작품에는 작가의 세상과 인생에 대한 새로운 깨달음이 잘 나타나있다. 황주 유배시절 소식은 두 편의 ≪적벽부≫를 지었다. 원풍 5년, 7월 16일에 지은 것을 ≪전벽벽부(前赤壁賦)≫라 하고, 같은 해 10월에 지은 것을 ≪후적벽부(後赤壁賦)≫라고 한다. ≪전적벽부≫는 손님과의 대화를 통해 인생의 이치를 말하고 있고, ≪후적벽부≫는 적벽의 아름다운 경관을 노래하고 있다. ≪전적벽부≫가 사상성과 문학성이 뛰어나다는 평가를 받는다. "적벽"이라고 하면 삼국 시기 오(吳)나라 손권(孫權)의 부장 주유(周瑜)가 위(魏)나라 조조(曹操)의 백만 대군을 물리쳤던 곳이 떠오르는데, 이곳의 "적벽"은 호북성(湖北省) 황주에 있는 곳으로 소식이 배를 띠워 노닌 곳을 말한다.

문장은 다섯 단락으로 나눌 수 있다. 첫째 단락은 손님과 적벽 아래에서 노닐면서 느꼈던 감정과 주위의 아름다운 환경을 설명한다. 두 번째 단락은 술에 흥겨워 노래를 부르자 손님이 퉁소를 불어 화답하는 부분이다. 셋째 부분과 넷째 부분은 본편의 가장 중요한 부분으로, 퉁소를 분 손님과 소식의 대화가 이루어지는 부분이다. 손님은 세상과 영원히 함께 하고 싶으나 그럴 수 없음을 토로한다. 이에 소식은 변화하는 것으로 보면 천지도 짧은 것이고, 변하지 않는 것으로 보면, 짧은 사람의 인생도 영원한 것이라고 한다. 다섯째 단락은 즐겁게 술을 마시고 날이 샌 장면을 묘사하고 있다. 이 다섯째 단락은 첫째 단락과 함께 이야기의 전후 배경과 주변 환경을 설명하며 서로 호응한다.

✿ 절대적인 기준은 없다는 것

《적벽부》는 문학성이 뛰어나기도 하지만 깊은 철학적 내용을 담고 있다. 이는 작가가 손님과 대화를 하는 셋째 단락과 넷째 단락에서 잘 드러난다. 소식은 손님에게 퉁소소리가 왜 이렇게 처량한지를 묻는다. 손님은 세상에 태어나서 할 일도 많고 즐길 일도 많은데 인생이 너무 짧다고 한다. 아울러 자신은 신선과 함께 노닐고 달과 영원히 함께 하고 싶다고 한다. 그렇게 할 수 없는 것이 슬퍼 이렇게 구슬프게 퉁소소리에 자신의 심정을 기탁했다고 한다. 그러자 소식은 변하는 관점에 보면 영원할 것 같은 천지도 짧은 것이고, 변하지 않는 관점에서 보면 짧은 것 같은 인생도 긴 것이라고 하였다. 소식이 말한 "변하는 관점과 변하지 않는 관점"은 상대적 기준으로 말한 것이다. 세상에는 절대적인 기준은 없음을 의미한다. 《장자(莊子)·제물론(齊物論)》에는 "세상에 가을 짐승의 가는 터럭 끝보다 큰 것은 없고, 태산보다 작은 것은 없다(天下莫大於秋豪之末, 而大山爲小)."라고 했다. 가을 짐승의 가는 터럭은 아주 작은 것이라고 생각하지만 미시세계에서 이보다

113

큰 것은 없을 것이다. 태산은 아주 큰 것이지만 드넓은 우주에서 이보다 작은 것은 없을 것이다. 이처럼 우리가 절대적이라고 생각하는 개념은 모두 상대적인 것으로, 꼭 그렇지만 않다는 것이다. 앞서 소식이 황주 유배시절 도교에 심취했다고 했는데, 이 부분을 보면 그 일면을 엿볼 수 있다.

유가의 학문을 익힌 소식이라면 손님의 말에 상당한 공감을 표시해야 하지 않을까? 물론 소식도 그 처량한 퉁소 소리의 의미를 잘 알고 있었을 것이다. 그러나 "오대시안" 사건으로 억울하게 정치적 좌절을 겪은 소식으로서는 자신의 힘으로 어찌 할 수 없는 현실에 괴로워하는 것이 어쩌면 무의미했을 것이다. 아니 차라리 잊고 싶었을지도 모른다. 소식 자신도 그러한 좌절을 겪으면서 이런 진취적 마음을 떠나 자연에 마음을 기탁하는 것이 자신의 마음을 다스리는데 더 낫다고 생각했을 것이다. 소식이 황주의 안국사(安國寺)에서 2~3일에 한 번씩 가서 향을 피우고 묵상에 잠긴 것과 절의 주지스님 계련에게서 불교의 교리와 인생철학을 배운 것이 ≪적벽부≫에 나타나는 그의 초연한 태도에 영향을 주었을 것이다. 또 한편으로 어쩌면 이것이 중국 문인들의 공통된 처세방식이 아닌가 싶다. 잘 나갈 때는 적극적으로 유가의 학문을 통해 자신의 꿈을 펼치고, 그렇지 않을 때는 유배를 당하거나 은거하면서 자연을 벗 삼아 마음을 다스렸듯이 말이다.

'시름' 두 글자로 어이 다 풀어내리

怎一个愁字了得!

14

[宋] 이청조(李淸照; 1084~1155)

찾고 찾아도

스산하고 고요하니

쓸쓸하고 서럽고 근심스러워라.

잠깐 따뜻했다 또 추워지는 때는

회복도 가장 더디지.

두세 잔 묽은 술을 마신들

저녁 세찬 바람 어이 견디리.

지나가는 기러기에

더없이 맘 아픈 건

옛 시절 익히 보던 그 기러기이기에.

온 땅엔 겹겹이 포개진 국화인데

얼굴은 크게 초췌해졌으니

이제 누가 꽃 꺾을 수 있으리.

창가를 지키며

혼자 어떻게 어둠을 맞을 런지!

오동잎엔 가랑비 더해져

황혼까지 뚝뚝 떨어지고.

이를

'시름' 두 글자로 어이 다 풀어내리.

❧ ≪성성만(聲聲慢)≫

尋尋覓覓, 冷冷清清, 淒淒慘慘戚戚.

乍暖還寒時候, 最難將息.

三杯兩盞淡酒, 怎敵他晚來風急?

雁過也, 正傷心, 卻是舊時相識.

滿地黃花堆積, 憔悴損, 如今有誰堪摘?

守着窗儿, 獨自怎生得黑?

梧桐更兼細雨, 到黃昏, 點點滴滴.

這次第, 怎一個愁字了得!

이청조(李淸照; 1084~1155)는 중국 사문학(詞文學)을 빛낸 여류사인(女流詞人)이다. "사(詞)"는 ≪아름다운 중국문학≫1권의 이욱(李煜)의 사 ≪우미인(虞美人)≫에서도 소개했듯이 당나라의 시를 이어 송나라 때에 유행한 새로운 운문 형식이다. 사는 지금의 유행가와 유사한 것으로, 노래할 수 있는 시라고 생각하면 이해하기 쉽다. 자, 이제 중국문학사상 가장 뛰어난 여류작가의 작품세계로 들어가 보자.

이청조(李淸照; 1084~1155)의 인물화

송나라의 여류 문학가. 호는 이안거사(易安居士)이며, 제주(齊州; 지금의 山東省 濟南 章丘) 사람이다. 어려서 유복한 환경에서 양호한 교육을 받았다. 조명성(趙明誠)과 결혼하여 금석문을 정리하였다. 금나라가 침략하자 피난을 떠나다 전쟁으로 남편과 사별하고 남부 지역을 유랑하다 항주(杭州)에 정착하였다. 그녀의 사는 금의 침략을 기점으로 전기와 후기로 나누어진다. 전기의 사는 한가로운 생활을 정취를 노래했고, 후기의 사는 전쟁으로 인한 가족과의 이별과 시국에 대한 한탄을 노래하였다. 시어가 아름답고 음률이 뛰어나다는 평가를 받는다. 대표작품으로는 《여몽령(如夢令)》·《성성만(聲聲慢)》 등이 있다.

❀ 중국문학사 최고의 여류사인(女流詞人)

이청조는 송 신종(神宗) 원풍(元豊) 7년(1084) 명망 있는 관리의 집안에서 태어났다. 부친 이격비(李格非)는 소식(蘇軾)을 따라 시문을 공부했을 정도로 경사(經史)와 시문에 정통했다. 모친 왕씨(王氏)도 명문가 출신으로 시문에 아주 능통한 여인이었다. 이청조는 이런 가문에서 자신의 문학적 소양을 키웠다. 그녀는 18세 때 당시 전도유망한 태학생(太學生)이던 조명성(趙明誠; 1081~1129)과 결혼했다. 조명성은 금석학(金石學)에 조예가 깊었던 인물로 이청조는 그와 결혼한 후 남편을 도와 금석문의 수집·정리·고증하는 일을 했다. 조명성의 역작 《금석록(金石錄)》은 이렇게 이청조의 도움으로 탄생할

117

수 있었다. 남편 조명도도 이청조의 창작활동을 적극적으로 지지하였다. 두 사람은 서로를 이해하고 돕는 동반자로서 행복한 나날을 영위했다. 그러나 정강(靖康) 원년(1126) 금(金)나라가 수도 변경(汴京; 지금의 河南省 開封)을 침략하면서 모든 것이 산산조각 나버렸다. 다음해 휘종(徽宗)과 흠종(欽宗)이 금나라에 끌려가면서 북송은 멸망했다. 이것이 역사상 유명한 정강지변(靖康之變)이다. 당시 조명성은 모친상을 당해 건강(建康; 지금의 江蘇省 南京)으로 가 있었다. 이청조는 홀로 15수레에 달하는 금석문과 서화를 갖고 동남쪽으로 피난길에 올랐다. 그러나 더 큰 불행이 다가오고 있었다. 첫째는 진강(鎭江)을 지날 때 금석문과 서화를 모두 약탈당한 것이다. 수 십 년의 수집과 성과가 하루아침에 물거품이 되었다. 둘째는 건강에 갔던 남편 조명성이 건염(建炎) 3년(1129)에 병으로 사망한 것이다. 의탁할 곳 없는 이청조는 피난민들을 따라 월주(越州)를 지나 대주(臺州)・섬주(剡州)・온주(溫州)로 왔다가 다시 월주・구주(衢州)에서 또 다시 월주를 거쳐 최종적으로 소흥(紹興) 2년(1132)에 항주(杭州)에 와서 정착하였다. 이때 그녀의 나이 벌써 49세였다. 전쟁은 그녀의 모든 것을 앗아갔다. 수 십 년간 수집했던 금석문과 서화도, 학문의 동반자인 남편도, 행복한 가정도 말이다. 그녀는 낯선 땅에서 이 거대한 슬픔을 사로 발설했다.

✿ "소식과 신기질에 버금갈 것이다"

이청조의 작품이 현재 얼마나 남아있는지는 정확하게 고찰하기 어렵다. ≪송사(宋史)・예문지(藝文志)≫에는 ≪이안거사문집(易安居士文集)≫ 7권과 ≪이안사(易安詞)≫ 6권이 있다고 기록했고, 남송 사람 조공무(晁公武; 1105~1180)의 ≪군재독서지(郡齋讀書志)≫는 ≪이이안집십이권(李易安集十二卷)≫이 있다고 했다. 또 남송 사람 황승(黃昇)은 《당송제현절묘사선(唐宋諸賢絶妙詞選)》에서 《수옥집(漱玉集)》 3권이 있다고 했다. 이로 봐서 상당히 많은 작품을 지은 것으로 보이나 현전하는 것은 매우 드물다. 명·청대 문인들의 수집으로 지금 우리가 볼 수 있는 것은 사 46수(이밖에 13수가 진위문제에 있음), 시 19수, 산문 2편, 논문 2편, 서신과 변부(騈賦) 각 1편이 있다. 그녀를 위대한 문학가의 반열에 올린 것은 사 작품이다. 이청조의 사는 "정강의 변"을 기점으로 전기의 사와 후기의 사로 나누어진다. 전기의 사는 행복한 생활을 영위하면서 주위의 경물이나 짧은 이별의 정을 읊은 작품들이 주류를 이룬다. 후기의 사는 나라를 잃은 애통한 심정과 고향을 그리워하거나 남편과 행복한 시절에 대한 추억과 감회를 읊은 사들이 주류를 이룬다. 이중 후기의 사들이 문학적 성취가 높다. 본편 역시 "정강의 변" 이후에 지어진 작품으로, 당시 그녀가 감당했을 큰 슬픔과 시름을 엿볼 수 있다. 명나라 사람 모영(茅暎)은 이 사를 "정경이 은근하고 절묘하여, 정말이지 절창이다(情景婉絶, 眞是絶唱)."(《사적(詞的)》)라고 평가했을 정도였다. 또 《역대명원시(歷代名媛詩)》는 오호(吳灝)의 평어(評語)를 인용해 "그 필력을 보면, 늠름하고 특출함에 기인하고 있다. 이는 사를 짓는 사람들이 갖지 못한 것으로, 소식과 신기질에 버금갈 것이다(玩其筆力, 本自嬌拔, 詞家少有, 庶幾蘇辛之亞)."라고 하며, 대문장가인 소식과 비교했으니, 이 사의 문학적 가치와 영향을 충분히 짐작할 수 있다.

✿ 사를 짓는 틀 사패(詞牌)

《성성만(聲聲慢)》은 제목이 아니라 사패명(詞牌名)이다. "사패"란 음률이 지정되어있는 곡을 말한다. "사패"란 벽돌을 찍는데 필요한 틀과 같다. 틀의 모양에 따라 다양한 벽돌 모양이 나오듯이 사패의 형식에 따라 여러 가지 선율을 가진 곡들이 나온다. 고대 중국에는 지금처럼 악기로 음을 맞춰가며 곡을 짓는 것이 아니라 평측(平仄)·운자(韻字)·자수(字數)가 지정된 곡을 갖고 거기에 맞게 글자를 넣어 곡을 만들어야 했다. 물론 어떤 평측과 운자를 사용하느냐에 따라 곡의 분위기를 조절할 수 있다. 사패명에 "만(慢)"자 들어간 곡은 곡이 길게 늘어지는 특징을 갖고 있다. 따라서 ≪성성만≫ 같은 이런 종류의 곡패는 근심·걱정·처량함과 같은 무거운 분위기를 묘사할 때 많이 사용된다.

❀ 14개의 첩자(疊字)

사는 상·하편으로 나누어져있다. 사는 시작부터 14개의 첩자(疊字)를 사용하고 있다. 이렇게 처음부터 첩자들이 나오는 것은 사에서 상당히 드문 경우이다. 그런데 이 첩자들이 작가의 곤경에 처한 심리를 아주 교묘하게 표현해낸다. 우선 "찾고 찾아도(尋尋覓覓)"는 뭔가 잃어버린 듯한 것을 찾고자 하는 작가의 불안한 마음을 보여준다. 그것은 주위에 있는 물건이 아닌 전란으로 인한 잃어버린 고향·남편·금석문·행복한 생활일 것이다. 그러나 이들은 다시 돌아올 수 없음을 알기에 작가는 주위에서 "스산하고 고요함(冷冷清清)"을 느낀다. 이 "스산하고 고요함"은 그녀 주위에 아무도 없는 공허하고 적막함이다. 결국 이로 마음까지 "쓸쓸하고 서럽고 근심스러워(凄凄慘慘戚戚)"지게 된다. 이 세 구절에서 첫째 구절은 작가의 동작을, 둘째 구절은 작가를 둘러싼 외부의 분위기를, 셋째 구절은 작가 내심의 상태를 보여준다. 첩자를 사용해 단계적으로 작가의 마음을 보여주는 것이 압권이다. 또 사용된 첩자들은 치음(齒音)과 입성자(入聲字)들로 발음이 쉽지 않고 급박

120

한 느낌을 주기 때문에 작가의 심리와 잘 맞아떨어진다. 이 구절은 역대로 많은 문인들의 칭송을 받았다. 장단의(張端義)는 "이것은 공손대랑이 검무를 추는 것 같다. 우리나라에도 사에 능한 인사들이 없는 것은 아니나 단번에 14개의 첩자를 사용한 전례는 없었다(此乃公孫大娘舞劍手, 本朝非無能詞之士, 未曾有一下十四迭字者)."(≪귀이집(貴耳集)≫)라고 했다. 게다가 날씨마저 변덕이 심해 몸을 추스르게 어렵게 한다. 이에 술로 시름을 잊고자 하나 세찬 바람(急風)을 이겨내지 못할 까 걱정한다. 이 세찬 바람은 그녀에게 들이닥친 고난을 의미한다고도 볼 수 있다. 그런데 때마침 하늘에서 기러기가 날아가는 것을 보고 더욱 마음 아파한다. 이 기러기는 두 가지 의미를 담고 있다. 첫째, 기러기는 고대 중국에서 편지를 전해주는 매개였다. 따라서 작가는 기러기를 보고 편지를 전해주고 싶지만 전해줄 대상이 없음을 생각한 나머지 슬퍼한 것이다. 둘째는 기러기는 가을이 되면 북쪽에서 남쪽으로 날아가는데 당시 남쪽에 있던 작가는 이 기러기를 보고 북쪽의 고향과 가족들을 그리워한 것이다. 전체적으로 상편은 각 구절마다 작가의 아픔과 시름이 내재되어있어 사의 분위기가 아주 무겁게 느껴진다. 하편은 작가가 주위의 경물을 보고 감정을 담아 묘사했다. 첫 세 구절까지는 국화가 무성하게 피어도 근심 때문에 얼굴이 상해서 꽃을 꺾을 마음이 나지 않음을 나타냈다. 원문의 "만지황화퇴적, 초췌손(滿地黃花堆積, 憔悴損)"에는 두 가지 해석이 있다. 첫째는 "퇴적"을 "쌓이다"는 의미로, "초췌"를 시든 모습으로 보고, 온 땅에 국화가 소복이 떨어져 크게 시들었다고 해석한 경우이다. 둘째는 "퇴적"을 겹겹이 포개져 있다는 의미로, "초췌"는 작가의 얼굴이 근심 때문에 초췌해졌다는 것으로 본 것이다(필자는 후자의 견해를 따랐음). 이어서 창문에서서 긴긴 밤이 오는 것을 걱정한다. 그런데 때마침 가랑비가 황혼녘까지 내리면서 그녀의 마음을 더욱 시름에 잠기게 만든다. "점점적적(點點滴滴)"은 빗방울이 뚝뚝하고 떨어지는 소리인데, 쓰임새가 아주 절묘하다. 뚝뚝 떨어지는 빗방울은 한 방울 한 방울 시름에 겨워하는 그녀의 마음을 파고든다. 또 끝없이 떨어지는 빗방울은 끝없는 작가의 시름을 나타내어 사의 분위기를 더욱 무겁게 만든다. 결국 최종적으로 작가는 이 모든 고통스러운 것들을 "시름"이라는 글자로는 도저히 묘사해낼 수 없는 극도의 복잡한 심정을 토로한다.

🌸 이안체(易安體)의 창조

이 사를 보면 이청조 사의 중요한 특징을 한 가지 발견할 수 있다. 바로 사에 구어(口語)를 사용한다는 점이다. 이청조의 작품에 사용된 상당수의 어휘들은 일상에서 사용하는 말들이다. 이청조는 구어를 사용하면서도 문장의 아름다움을 잃지 않았다는 점에서 사문학의 새로운 경지를 개척했다. 사는 만당의 화간사(花間詞) 이후 "사는 화려함을 규범으로 한다(詞爲艶科)."라는 전통을 고수해왔다. 이 때문에 사의 제재와 의경은 상당한 제약을 받았다. 물론 이청조 이전에 사의 이런 한계를 극복하기 위해 구어를 사용해 사를 지은 작가들이 있었다. 그 대표적인 사람이 유영(柳永)이었다. 그러나 그의 사는 구어의 운용이 완벽하지 않아 "사어가 속되고 저급하다(詞語塵下)."라는 평가를 받았다. 이 사만 보더라도 곳곳에 구어체 표현들이 보인다. 예를 들면, "즘적타만래풍급?(怎敵他晩來風急?)"・"수착창아, 독자즘생득흑?(守着窗儿, 獨自怎生得黑?)" 등과 같은 표현은 현대 중국어에 가깝다. 또 "차제(次第)"는 "상황"의 의미로 당시에 보편적으로 사용되었던 구어체 표현이다. 구어의 사용과 관련해 원나라 사람 이세진(伊世珍)의 ≪낭환기(瑯環記)≫에는 다음과 같은 이야기가 전한다.

이안(이청조의 호)이 ≪중양·취화음≫이라는 사를 조명성에게 편지로 보냈다. 명성은 감상하고서 탄복했다. 그녀에게 미치지 못함을 부끄러워하며 넘어서 보려고 노력했다. 이에 모든 손님을 사양하고 밥 먹는 것과 잠자는 것을 잊으며 3일 밤낮으로 50수의 사를 지었다. 그는 이안의 사와 섞어 친구 육덕부에게 보여주었다. 덕부가 몇 번 보더니 말했다. "세 구절만 훌륭하군." 명성이 묻자, 그가 말했다. "넋을 잃지 않는다고 말하지 말라, 발을 걷으면 서풍에, 사람은 국화보다 야윈다네." 바로 이안의 작품이었다(易安以≪重陽·醉花陰≫詞函致趙明誠. 明誠歎賞, 自愧不逮, 務欲勝之. 一切謝客, 忘食忘寢者三日夜, 得五十闋, 雜易安作, 以示友人陸德夫. 德夫玩之再三, 曰: "只三句絶佳." 明誠詰之. 曰: "莫道不消魂, 簾捲西風, 人比黃花瘦." 正易作也).

여기서 "인비황화수(人比黃花瘦)"는 그야말로 현대 중국어를 보는 것처럼 평이하다. 이청조는 화려한 문사가 아닌 이런 평범한 말로 평범하지 않은 의경을 창조하여 많은 사람들로부터 높은 평가를 받았다. 섬세한 언어의 조탁과 화려한 문장이 횡행하던 송대 사문학에서 이청조의 이와 같은 사 창작은 사람들에게 참신하고 신선한 느낌을 주기에 충분했다. 사람들은 이런 그의 필법을 "이안체(易安體)"라고 했다. 남송의 유명한 사인 신기질(辛棄疾; 1140~1207)은 사를 지을 때 "이안체를 모방함(效易安體)"이라고 표시해두었는데, 이청조 사의 영향을 받음을 알 수 있다.

천지에 바른 기운이 있어

天地有正氣 **15**

[南宋] 문천상(文天祥)

천지에 바른 기운 있어,

만물에 섞여 들어갔네.

아래로는 강과 산이 되고,

위로는 해와 달이 되었네.

사람에게 온 것을 호연지기라 하는데,

천지간에 가득 차있네.

국운이 왕성하면,

마음에 담은 조화로운 기운이 조정에 드러나네.

나라가 어려우면 절개로 드러나,

하나같이 역사에 이름을 남기네.

제나라에서는 태사의 죽간이 되었고,

진(晉)나라에서는 동고의 붓 되었네.

진(秦)나라에서는 장량의 몽둥이 되었고.

한나라에서는 소무의 지조가 되었네.

엄 장군의 머리 되고,

125

혜 시중의 피가 되었네.
장휴양의 치아 되고
안상산의 혀가 되었네.
혹은 요동 관녕(管寧)의 모자가 되고,
고고한 절개는 얼음 눈처럼 매서웠네.
혹은 ≪출사표≫ 되어,
귀신도 그 장렬함에 울었네.
혹은 도강할 때의 노가 되어,
강개하며 오랑캐를 삼켰네.
혹은 역적을 내리칠 때의 홀이 되어,
역모의 머리를 깨버렸네.
충만한 이 기운,
늠름하게 만고에 남아있네.
이것이 해와 달을 통과하면,
삶과 죽음 정도가 어찌 논할 만 하리!
땅 줄은 이것에 의지하여 서고,
하늘 기둥은 이것에 의지해 높아지네.
삼강은 이것의 명이고,
도의는 이를 근본으로 삼네.
아! 나는 액운을 당하고,
못난 신하들은 힘이 없네.
초나라 죄수처럼 그 관을 매고,
호송 수레에 실려 먼 북쪽으로 보내졌네.
큰솥에 삶겨지면 엿처럼 달게 느낄 텐데,

126

그렇게 하고 싶어도 할 수 없네.
감옥은 음침하여 도깨비 불 떠돌고,
춘원은 닫혀 하늘조차 어둡네.
소와 천리마가 같은 구유에서 먹고,
닭과 봉황이 함께 섞여 먹네.
하루아침에 찬 냉기에 노출되어
도랑 속의 섞은 흙이 되겠지.
이렇게 추위와 더위 두 번이나 지났지만,
온갖 병들은 절로 피해가네.
슬프구나 낮고 축축한 곳도,
나에게 편안하고 즐거운 나라가 됨이.
어찌 다른 뾰족한 수가 있으랴,
음양도 나를 해칠 수 없으리.
이 충정 그대로 인 것을 생각하고,
하늘의 뜬 구름을 우러러 보네.
내 마음의 슬픔 아득하니,
푸른 하늘은 어디에 끝이 있는가.
성현은 날마다 멀어지나,
그 모범은 아침저녁에 있다네.
바람 이는 처마에서 책 펼쳐 읽나니,
옛 성현의 도가 내 얼굴에 비추네.

_____ 15 천지에 바른 기운이 있어

❖ ≪정기가(正氣歌)≫

天地有正氣, 雜然賦流形. 下則爲河岳, 上則爲日星. 於人曰浩然, 沛乎塞蒼冥.

皇路當淸夷, 含和吐明庭. 時窮節乃見, 一一垂丹靑. 在齊太史簡, 在晋董狐筆.

在秦張良椎, 在漢蘇武節. 爲嚴將軍頭, 爲嵇侍中血. 張睢陽齒, 顔常山舌.

或爲遼東帽, 淸操厲冰雪. 或爲出師表, 鬼神泣壯烈. 或爲渡江楫, 慷慨呑胡羯.

或爲擊賊笏, 逆竪頭破裂. 是氣所磅礴, 凜烈萬古存. 當其貫日月, 生死安足論.

地維賴以立, 天柱賴以尊. 三綱實系命, 道義爲之根. 嗟予遘陽九, 隷也實不力.

楚囚纓其冠, 傳車送窮北. 鼎鑊甘如飴, 求之不可得. 陰房闐鬼火, 春院閉天黑.

牛驥同一皁, 鷄栖鳳凰食. 一朝蒙霧露, 分作溝中瘠. 如此再寒暑, 百沴自辟易.

嗟哉沮洳場, 爲我安樂國. 豈有他繆巧, 陰陽不能賊. 顧此耿耿在, 仰視浮雲白.

悠悠我心悲, 蒼天曷有極. 哲人日已遠, 典刑在夙昔. 風簷展書讀, 古道照顔色.

임칙서(林則徐; 1785~1850)가 쓴
≪정기가(正氣歌)≫

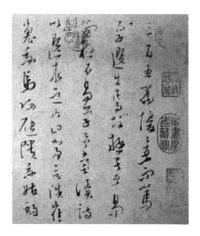

문천상(文天祥)의 필적

남송 말기의 정치가이자 문인. 자는 이선(履善), 호는 문산(文山)이며, 길주(吉州) 여릉(廬陵; 지금의 江西省 吉安市) 사람이다. 송 이종(理宗) 보우(寶祐) 4년(1256)에 진사에 급제하고 비서성정자(秘書省正字)・우승상(右丞相) 등의 관직을 역임하였다. 원나라에 항전하다 오파령(五坡嶺)에서 포로가 되어 지원(至元) 19년(1282) 12월에 처형되었다. 그의 시는 자신의 굳은 절개와 백성들과 함께 끝까지 원나라에 저항하고자 하는 마음을 많이 반영하고 있다. 대표작품으로는 ≪지남록(指南錄)≫・≪지남후록(指南後錄)≫・≪정기가(正氣歌)≫ 등이 있다.

문천상(文天祥)의 모습

✿ 두 번의 압송에도 굴하지 않았던 불굴의 신하 문천상

남당의 이욱(李煜)이 무기력하게 나라를 패망시킨 군주라면 문천상은 나라를 위해 끝까지 항전한 불굴의 신하였다. 그러나 그 한 사람의 의지만으로는 나라를 지킬 수 없는 법. 나라는 멸망했지만 그는 마지막까지 원나라와 항전하면서 자신의 의지를 문학작품으로 승화했다. 그의 의지와 투쟁은 보는 이로 하여금 눈물을 흘리게 만든다.

✿ 조정의 무능에 분개함

문천상은 송 이종(理宗) 단평(端平) 3년(1236)에 태어났다. 이 해는 몽고족이 금나라를 멸망시킨 지 두 번째 되던 해이다. 당시 송나라는 극도의 부패와 심각한 내분에 휩싸여 있었고, 몽고족은 호시탐탐 송나라를 침략할 기회를 엿보고 있었다. 문천상은 어려서 부친 문의(文儀)에게서 엄격한 교육을 받았다. 그 결과로 1256년 진사에 급제했다. 1258년 몽고가 사천(四川)과 악주(鄂州)를 침공하자 송나라는 풍전등화에 빠졌다. 문천상은 이종 개경(開慶) 원년

(1259)에 경사에 와서 관직을 맡았다. 그러나 조정의 관리들은 항전하지 않고 도피와 타협으로만 일관했다. 문천상은 자신의 안일만을 생각하는 신하들을 참수하고 항전할 것을 주장하는 상고를 올렸지만 받아들여지지 않았다. 이에 조정의 무능에 분개하며 관직을 사퇴하고 고향으로 돌아와 버렸다. 후에 문천상은 이종 경정(景定) 원년에서 도종(度宗) 함순(咸淳) 10년까지 (1260~1274) 중앙과 지방에서 여러 관직을 지내면서 백성들의 고통을 덜어주는 조치를 취했다가 중앙 관리들의 눈 밖에 벗어나 파면된다.

✿ 항전 그리고 또 항전

공제(恭帝) 덕우(德祐) 원년(1275)에 조서를 받들어 군사를 일으켜 1283년까지 몽고에 항전했다. 1275년 원나라의 승상 백안(伯顔; 1236~1295)이 군사를 이끌고 수륙양면에서 남송의 수도 임안(臨安)으로 진격했다. 이때 강서(江西)에 있던 문천상은 10,000여명의 병력을 조직하여 수도를 구원하러 북상했다. 북상하던 길에 백성들이 합세하여 병력은 30,000명에 달했다. 그러나 임안의 관리들은 투항할 생각을 하고 있었다. 1276년 1월 18일 몽고군은 임안 인근까지 압박해왔다. 협상대표로 간 문천상은 원군에게 군사를 물리라고 했으나 원나라는 오히려 그를 감금해버렸다. 2월 5일 남송은 결국 원나라에 패망했다. 2월 9일 포로가 된 문천상은 북송되는 배를 탔다. 29일에 사람들의 도움을 받아 진강(鎭江)에서 탈출하여 복안(福安)에 있는 남송의 망명정부를 찾아갔다. 단종(端宗) 경염(景炎) 원년(1276) 7월부터 군민들을 조직하여 원나라와 최후의 일전을 벌였다. 한때 원나라 군에 승리를 거두기도 했지만 압도적인 원나라의 군사력에 패퇴를 거듭했다. 이로 그의 아내와 자녀들이 포로로 잡혀갔다. 참혹한 상황에서도 문천상은 계속 항전했다. 그

130

러나 경염 3년(1278) 2월 20일에 결국 적에게 쫓기다 또 포로가 되었다. 문천상은 조주(潮州)에서 배를 타고 연경(燕京; 지금의 北京)으로 압송되었다.

✿ "3,000년 동안 사람들은 두 번 다시 볼 수 없을 것이다"

9개월 후인 11월 1일에 수도 연경에 도착해 감옥으로 보내졌다. 감옥에서는 "목에 칼이 씌우고 손이 묶인 채로 빈 방에 앉아있는데 감시가 아주 삼엄했다(枷項縛手, 坐一空室, 衛防甚嚴)." 원 세조 쿠빌라이(1215~1294)는 지원(至元) 19년(1283) 12월 8일에 문천상을 불러 벼슬로 회유했으나 그는 거절했다. 그리고 다음날 그는 형장으로 향했다. 형이 집행되기 전 그는 좌우의 사람들에게 "어느 쪽이 남쪽인가?(何爲南方?)"라고 물었다. 누군가가 가르쳐주자 남쪽을 향해 재배하며 "신이 나라에 보답하는 것이 여기까지 이옵니다(臣報國至此矣)."라는 말을 남겼다고 한다. 이때 그의 나이 47세였다. 당시 소식을 들은 연경의 백성들 중에 눈물을 흘리지 않는 사람이 없었다. 원나라와의 항전에 참여한 왕염오(王炎午; 1252~1324)는 ≪망제문승상문(望祭文丞相文)≫에서 "유명한 재상과 열사들을 합해 하나의 전을 만들었다. 3,000년 동안 사람들은 두 번 다시 볼 수 없을 것이다(名相烈士, 合爲一傳. 三千年間, 人不兩見!)"라고 했다.

✿ 문천상의 문학

문천상의 생애는 전·후기로 나누어진다. 전기는 1274년 조정 관리들의 눈 밖에 나서 파면당하기 이전까지이며, 후기는 1275년 조서를 받들고 군사를 일으켜 항전하다 마지막에 연경의 감옥에서 최후를 맞이하기까지이

131

쿠빌라이(1215~1294)의 모습

몽골의 장군이자 정치가. 칭기스칸의 손자로, 몽골의 제5대 대칸이자 원나라의 초대황제이다. 1279년 남송을 멸망시키고 중국대륙을 통일하였다. 1271년 국호를 원(元)으로 고치고 대도(大都; 현재의 북경)를 도읍으로 정하였다. 중앙 아시아계 사람인 색목인을 중용하고 서역의 문화를 중시하였으며 티베트에서 라마교를 받아들였다. 서양인을 우대하여 마르코 폴로 등이 입국하는 등 통일된 다민족국가의 발전을 위해 공헌하였다. 넓은 영토를 차지한 대제국을 완성하여 원의 전성기를 이루었다.

다. 전기의 시는 응대하는 시가 많아 예술적 성취가 두드러지지 않는 반면, 후기의 시는 백성들의 고통을 목도하고 망국의 경험을 토대로 감정이 격앙되고 진지한 작품들을 지었다. 이에 따라 그의 대표작은 대부분 후기에 나왔다. 특히 그가 연경의 감옥에 수감되어 있던 시절에 지은 시 중에 유명한 작품이 많다. 그중에서 지원 18년 여름에 지어진 ≪정기가(正氣歌)≫는 중국문학에서 잘 알려진 명편이다.

❀ 황제도 울린 글

시에는 작가의 비장함과 불굴의 신념이 잘 나타나있어 읽는 이로 하여금 숙연하게 만든다. 청나라의 강희(康熙) 황제는 ≪고문평론(古文評論)≫(권43)에서 이 시를 이렇게 평가했다.

이 시는 지극한 성품에서 나와, 강개하고 구슬프다. 짐은 책을 펼쳐 읽을 때마다 자신도 모르게 눈물을 자주 흘린다. 그 충군우국의 정성은 실로 우주에 미치고 금석을 뚫기에 족하다(斯篇出於至性, 慷慨凄惻. 朕每於披讀之際, 不覺淚下數行, 其忠君憂國之誠,洵足以彌宇宙而貫金石).

황제조차 이렇게 평하였으니 이 시의 영향을 짐작할 수 있겠다. 문천상의 문학은 그의 망국의 경험에서 우러나온 절실한 감정에 기인했다. 두 번에 걸친 압송과 포로생활에 망국의 경험이 더해지면서 그의 감정을 더욱 절실하게 만들었다. 그는 이를 문학적으로 승화시켜 불후의 명작을 남겼다.

132

큰 배가 변경까지 와서 사그리
실어갔다오 **16**

大船渾載汴京來

[金] 원호문(元好問; 1190~1257)

1.

길옆 온 땅엔 묶인 포로들 빳빳하게 누워있고,

지나가는 깃발 탄 수레 물처럼 끝없이 지나가네.

젊은 아낙은 울면서 회골의 말을 따르니,

누구 때문에 걸음마다 고개를 돌리나.

2.

군영에서 나무 불상은 섶보다 천하고,

대악에 쓰인 편종(編鐘)은 온 저자거리에 놓였네.

얼마나 포로로 잡고 약탈했는지 그대 묻지 마소,

큰 배가 변경까지 와서 사그리 실어갔다오.

3.

백골은 어지러운 삼실처럼 이리저리 흩어져있고,

고향 마을은 몇 년 만에 몹쓸 땅이 되어버렸네.

황하 이북의 백성들 없어진 것만 알겠고,

부서진 집에 연기 가끔씩 나는 곳은 그래도 몇 곳이네.

✤ ≪계사오월삼일북도(癸巳五月三日北渡)≫ 3수

其一

道旁僵臥滿累囚, 過去旃車似水流. 紅粉哭隨回鶻馬, 爲誰一步一回頭.

其二

隨營木佛賤於柴, 大樂編鐘滿市排. 虜掠幾何君莫問, 大船渾載汴京來.

其三

白骨縱橫似亂麻, 幾年桑梓變龍沙. 只知河朔生靈盡, 破屋疏煙却數家.

❀ 금나라가 낳은 대작가 원호문(元好問 ; 1190~1257)

　원호문은 금나라를 대표하는 문인이다. 그의 문학적 성취는 동시기 남송에서 활동한 육유(陸遊; 1125~1210) · 양만리(楊萬里; 1127~1206) · 범성대(范成大;1126~1193) · 신기질(辛棄疾; 1140~1207) 등의 대 문인들과 어깨를 나란히 한다. 실로 금나라는 원호문이 있었기에 문학사에서 적막하지 않았다고 할 수 있다.

❀ 7세 때부터 시를 지은 "신동(神童)"

　원호문은 태어난 지 7개월 만에 숙부 원격(元格)의 보살핌을 받았다. 원격은 원호문을 데리고 전국 각지를 돌며 그의 견문을 넓혀주었다. 원호문이 7살 때 시를 짓자 마을 사람들은 그를 "신동"이라고 불렀다. 11세 때는 기주(冀州)의 고문가(古文家) 노탁(路鐸)에게 지도를 받았다. 14세 때 원격이 능천현령(陵川縣令)이 되자 학천정(郝天挺)을 스승으로 모셨다. 원호문은 학천정에게서 유가의 경전을 익히면서 매일 시 쓰기를 연습했다. 당시 금나라에는 사곡(詞曲)도 유행했는데 원호문은 16세에 이미 사를 짓기 시작했다. 금 대안(大安) 2년(1210)에 원격이 사망하자 원호문은 그의 운구를 지고 고향으로 돌아왔다. 원호문의 나이 22세 때인 대안 3년(1211) 칭기스칸이 이끄는 몽고군이 금나라를 침공했다. 몽고군은 파죽지세로 금나라의 도성들을 함락했다. 금 선종(宣宗) 정우(貞祐) 원년(1213)에는 금나라의 수도 대흥부(大興府)를 포위했다. 조원(趙元)의 ≪수성거(修城去)≫에는 당시의 비참한 상황을 "십만 명에 달하는 성의 전체 주민들이 이주할 틈도 없이 도살되었다. 적병이 출병한 지 3개월이 되었음에도, 바람이 불면 성 아래의 피가 마르지 않았다!(傾城十萬口, 屠滅無移時. 敵兵出境已三月, 風吹未乾城下血!)"라고 기록했다. 원호문은 이에 가족들을 데리고 황하를 건너 하남(河南) 복창(福昌) 삼향(三鄉)으로 피난 갔다. 그런데 몽고군이 하남을 침공하자 원씨 일가는 한겨울에 여기산(女幾山)의 삼담(三潭)으로 피신했다. 몽고군이 물러가자 다시 하남 등봉현(登封縣)에 정착하였다. 그는 피난하는 와중에 ≪기산(箕山)≫·≪금대(琴臺)≫ 등의 시를 지었다. 당시 문단의 영수 조병문(趙秉文)이 시를 읽고 "근래에 이런 작품은 없었다!(近代無此作也!)"라고 극찬하자, 그의 명성은 경성까지 전해졌다.

🌸 망국을 경험함

원호문은 흥정(興定) 5년(1221)에 진사에 급제해 관리가 되었다. 금 애종(哀

_____ 16 큰 배가 변경까지 와서 사그리 실어갔다오

宗) 정대(正大) 원년(1224)에는 굉사과(宏詞科)에 응시해 유림랑(儒林郎)을 제수 받았다. 정대 8년(1231) 가을 몽고군이 변경(汴京)을 포위하자 중앙으로 소환되었다. 천흥(天興) 원년(1232)에는 상서성연(尙書省掾)과 좌사도사(左司都事)를 역임했다. 그해 겨울 금 애종이 비밀리에 도성을 탈출했다. 다음해 1월, 원수 최립거(崔立擧)가 금에 반란을 일으키자 금나라는 몽고군에게 투항하였다. 그해 여름 5월에 원호문은 포로가 된 관리들을 따라 황하를 건너 산동 요성(聊城)으로 압송되어 수감되었다. 천흥 3년(1234) 도망갔던 금 애종이 목을 매고 자결하자, 금나라는 공식적으로 멸망했다. 이때 원호문의 나이 45세였다. 그는 이렇게 망국을 경험했다.

❀ "국파가망(國破家亡)"을 읊은 원호문의 시

원호문의 시는 1,360여수가 전해지나 국파가망을 읊은 "상란시(喪亂詩)"가 가장 유명하다. 이 "상란시"는 원호문의 나이 29세 때 하남 등봉(登封)으로 이사했을 때부터 금나라가 멸망하기까지(1218~1234) 집중적으로 지어졌다. 그의 대표작이라고 할 수 있는 ≪서원(西園)≫·≪가산몽귀도(家山夢歸圖)≫·≪맥탄(麥嘆)≫·≪호해(虎害)≫·≪계사년(1233) 5일 3일 북으로 황하를 건너며(癸巳五月三日北渡)≫ 3수 등이 이 시기에 나왔다. 작품 모두가 혼란스러운 사회상·원나라 군사들의 야만적인 약탈행위와 망국의 한을 반영하고 있다.

❀ 시로 쓴 역사

이 시는 제목대로 계사년 5월 3일에 작가가 황하를 건너는 길에 몽고군의 약탈과 끌려가는 포로들의 참상을 목도하고 지었다. 첫째 시는 몽고군

원호문(元好問)의 모습

《원유산선생전집(元遺山先生全集)》

금말원초의 대문인이자 사학자. 자는 유지(裕之), 호는 유산(遺山)이며, 태원(太原) 수용(秀容; 지금의 山西省 忻州) 사람이다. 금나라에서 상서좌사원외랑(尙書左司員外郎)·한림지제고(翰林知制誥) 등을 역임하였다. 금나라가 망한 뒤로는 다시 벼슬하지 않고 저술활동에 몰두하였다. 시는 현재 1,360여 수가 전하며, 도탄에 빠진 백성들의 비참한 삶과 망국의 한을 담긴 시를 많이 썼다. 그의 《논시절구(論詩絶句)》 30수는 두보의 《논시육절구(論詩六絶句)》 이후 가장 체계적으로 시를 논한 명작으로 평가를 받는다. 시 외에도 산문·사·곡 등에도 능통하여 "북방문웅(北方文雄)"이라는 칭호를 얻고 있다. 대표작품으로는 《서원(西園)》·《맥탄(麥嘆)》 등이 있다.

에 끌려가는 포로들의 참상과 여인네들이 통곡하는 소리를 읊고 있다. 둘째 시는 몽고군의 무자비한 약탈행위를 묘사했다. 신성한 나무불상과 종묘의 제사 때 사용하는 편종 같은 귀한 물건조차 하찮게 다루고 더욱이 제4구의 변경성의 물건들을 모조리 약탈해간다는 구절을 보면 그들의 약탈행위에 혀를 내두르게 된다. 셋째 시는 몽고군의 약탈 이후에 폐허가 된 마을의 처량한 모습을 보고 한탄하고 있다. 정말이지 이 시들을 읽으면 당시의 참상이 눈앞에 선하게 떠오를 정도로 묘사가 사실적이어서 읽는 이의 마음을 비통하게 만든다. 원호문의 시를 보면 안사의 난 때의 참혹한 사회상을 읊은 두보의 시를 생각나게 한다. 모두 시로 쓴 역사라고 할 수 있다. 이러한

_____ 16 큰 배가 변경까지 와서 사그리 실어갔다오

원호문 시의 사회성과 문학성은 두보 이후로 보기 어려운 것이었다. 이는 금나라에서는 물론이거니와 동시기 남송의 시인들조차 그에 비교되기 어려울 정도일 것이다. 그의 문학적 성취가 이렇게 뛰어난 것은 의심할 바 없이 시인이 목도한 비참한 현실과 망국의 경험에 기인한 것이다. 다시 말해, 그런 비통하고 참담한 경험이 있었기에 그의 시는 더욱 뛰어날 수 있었다. 이는 청나라 사람 조익(趙翼; 1727~1814)이 ≪유산의 시에 제하며(題遺山詩)≫에서 "나라의 불행은 시인에게는 행운이고, 세상이 바뀌는 것을 경험하면 문장이 훌륭해진다네(國家不幸詩家幸, 賦到滄桑句便工)."라고 말한바 그대로이다.

이런 폭포는 처음이야

未見如此瀑布也

17

[元] 이효광(李孝光; 1285~1350)

　　대덕(大德) 7년(1303) 가을의 8월, 나는 한 노인을 따라 대룡추(大龍湫) 폭포를 보러온 적이 있다. 마침 장맛비가 밤낮으로 계속 내리고 있었다. 이날 큰 바람이 서북쪽에서 불더니 태양이 나온 것을 볼 수 있었다. (대룡추) 폭포의 수세는 상당했다. 산골짜기로 들어온 지 5리 남짓도 안 되었는데 골짜기를 휘감는 거대한 소리가 들려왔다. 따르는 사람들이 놀라고 두려워 벌벌 떨었다. 서북쪽에 우뚝 서있는 산봉우리를 보니, 사람이 엎드린 것 같기도 하고, 큰 기둥 같기도 했다. 200걸음을 더 가니, 두 다리로 서로 지탱하며 서있는 모습으로 바뀐 것이 보였다. 다시 100여 걸음을 더 들어가니 큰 병풍이 서 있는 것 같았다. 그 산봉우리는 갈라지고 깊은 것이 게의 집게발이 수시로 흔들리는 것 같았다. 가는 사람들은 길을 멈추고 들어가지 않았다. 몸을 돌려 남쪽 산기슭을 따라 약간 북쪽으로 가다가 고개를 돌려보니, 옥으로 만든 홀(笏)이 서있는 것 같았다. 다시 방향을 돌려 동쪽 산으로 들어가 위를 보니 큰물이 하늘에서 땅으로 떨어지고 있었다. 물이 사방의 절벽에 묻지 않고 간혹 오랫동안 허공을 맴돌면서 떨어지지 않다가 갑자기 솟아오르다 떨어지는 것이 벼락이 치는 것 같았다. 동쪽 산기슭에는 약거

139

나암(諾詎那庵)이 있었는데 5~6걸음만 더 들어가도 산속의 바람이 마구 불어오고 폭포물이 사람에게 튀었다. 암자 안으로 들어가 피해도 폭포수의 거품이 암자 안으로 마구 들어왔는데 폭우가 오는 것 같았다. 폭포수는 아래로 큰 연못을 찧었는데 거대하게 울리는 소리가 만 사람이 북을 치는 것 같았다. 사람들이 서로 손을 잡고 말해도 입만 뺑긋하는 것만 보일 뿐 말하는 소리는 들을 수 없어 서로 쳐다보며 크게 웃었다. 선생은 "장관이야! 내 세상을 이렇게 많이 돌아다녀봤어도 이런 폭포는 처음이야."라고 말했다. 이로부터 나는 매년 한 번씩은 왔다. 올 때마다 늘 9월이었다. 10월은 폭포물이 줄어들어 예전처럼 볼 수 없기 때문이었다.

올 겨울은 또 크게 가물었다. 내가 들어와 암자 밖의 돌다리에 오니 물소리가 점점 들려왔다. 돌다리를 따라 내려가 어지러이 쌓인 돌 사이로 나오니 폭포가 걸려있는 것이 보이기 시작했다. 푸른 연기가 자욱하게 끼이고 작아졌다 커졌다하며 울리는 소리가 점점 빠르고 세졌다. 폭포수는 물웅덩이의 낮고 오목한 돌 위에 떨어졌고, 돌은 거세게 폭포수를 맞으며 주단 같은 붉은 빛을 반사시켰다. 돌 사이로 진흙의 기운이 조금도 없어 이곳에 자라는 나무는 야위어야 하는데 도리어 푸른 것이 비취 새와 들오리의 깃털처럼 부드러웠다. 물웅덩이에는 물고기 20여 마리가 물을 맞아 구르는 돌 소리를 듣고 천천히 멀리 가버리며 유유자적 노니는 것이 세상을 떠난 은사 같았다. 집의 하인이 이때 돌 옆에 큰 병을 하나 두고 아래로 떨어지는 폭포수를 받으려고 했다. 물이 갑자기 날며 사람에게 덮치더니 그 세가 더 커졌다. 하인들은 더 이상 병을 찾을 수 없었다. 이에 옷과 모자를 벗어 돌 위에 두고 서로 잡아주며 병을 차지하려고 했는데 이 때문에 크게 소리치며 웃었다. 서남쪽 석벽에 있던 수 십 마리의 원숭이들이 이 소리를 듣고 놀라며 무서워 절벽 꼭대기 끝의 옆으로 누운 나무를 잡고 서로 당겨주며

안탕삼절(雁蕩三絶)의 하나인 영암(靈巖)의 모습

게의 집게발처럼 생긴 바위의 모습

내려와 사람을 엿보며 울었다. 이리저리 아주 오랫동안 보다가 서록원(瑞鹿院) 앞까지 왔다. 서록원이 바로 지금의 서록사(瑞鹿寺)이다. 날은 이미 저물고 울창한 숲에는 낙엽이 가득 쌓여 길 가는 사람들은 길을 찾지 못하고 잃었다. 옛 친구처럼 다정하게 떠 있는 밝은 달만 보였다. 나이 드신 선생은 남산공(南山公)을 말한다.

✤ ≪대룡추기(大龍湫記)≫

大德七年秋八月, 予嘗從老先生來觀大龍湫. 苦雨積日夜, 是日大風起西北, 始見日出. 湫水方大, 入谷未到五里餘, 聞大聲轉出谷中. 從者心掉. 望見西北立石, 作人俯勢, 又如大楹. 行過二百步, 乃見更作兩股倚立. 更進百數步, 又如樹大屛風. 而其顚谽谺, 犹蟹兩螯, 時一動搖, 行者兀兀不可入. 轉緣南山趾稍北, 回視如樹圭. 又折而入東崦, 則仰見大水從天上墮地, 不挂著四壁, 或盤桓久不下, 忽迸落如震霆. 東巖趾有諾詎那庵, 相去五六

步, 山風橫射, 水飛著人. 走入庵避, 余沫進入屋, 猶如暴雨至. 水下搗大潭, 轟然萬人鼓
也. 人相持語, 但見張口, 不聞作聲, 則相顧大笑. 先生曰: "壯哉! 吾行天下, 未見如此瀑
布也." 是後, 予一歲或一至. 至, 常以九月. 十月, 則皆水縮, 不能如向所見. 今年冬又大
旱, 客入到庵外石矼上, 漸聞有水聲. 乃緣石矼下, 出亂石間, 始見瀑布垂, 勃勃如蒼烟, 乍
大乍小, 鳴漸壯急. 水落潭上洼石, 石被激射, 反紅如丹砂. 石間無秋毫土气, 産木宜瘠, 反
碧滑如翠羽鳬毛. 潭上有斑魚二十余頭, 間轉石聲, 洋洋遠去, 閑暇回緩, 如避世士然. 家
僮方置大瓶石旁, 仰接瀑水, 水忽舞向人, 又益壯一倍, 不可復得瓶, 乃解衣脫帽著石上,
相持扼挐, 爭欲取之, 因大呼笑. 西南石壁上, 黃猿數十, 聞聲皆自惊扰, 挽崖端偃木牽連
下, 窺人而啼. 縱觀久之, 行出瑞鹿院前－－今爲瑞鹿寺. 日已入, 蒼林積叶前, 行人迷不
得路, 獨見明月宛宛如故人. 老先生謂南山公也.

🌸 원대 산문의 백미

중국 전통문학에서 원나라는 일종의 공백기에 가깝다. 원나라를 대표하
는 문학인 산곡(散曲)과 잡극(雜劇)을 빼고는 이렇다 할 작품이 없기 때문이
다. 이민족이 지배하는 시기여서 문인들의 시문창작이 활발하지 못했다는
것이 가장 큰 원인일 것이다. 그렇다고 전통문학인 시와 산문에서 뛰어난
작품이 없었던 것은 아니다. 이번에 소개할 이효광(李孝光; 1285~1350)의 ≪
대룡추기(大龍湫記)≫는 대룡추(大龍湫) 폭포의 웅장한 모습을 멋진 표현으로
그려낸 명작이다.

🌸 이효광(李孝光)은 누구인가

중국 산문은 그 전통이 대단히 유구하고 성취 또한 뛰어나다. ≪맹자≫
와 ≪장자≫와 같은 선진제자(先秦諸子)의 산문을 필두로 한대 사마천(司馬遷)

의 《사기(史記)》를 거쳐 당나라 한유(韓愈)와 유종원(柳宗元) 그리고 송나라의 구양수(歐陽修)·왕안석(王安石)·소식(蘇軾) 같은 대가들이 등장하여 주옥같은 작품들을 남겼다. 이들의 뒤를 이어 원대 산문을 대표하는 작가가 이효광이다. 그의 자는 계화(季和), 호는 오봉(五峰), 악청(樂淸; 지금의 浙江省 樂淸縣) 사람이다. 어려서 박학다식했으며, 안탕산(雁蕩山) 오봉(五峰) 아래에 은거했다. 글재주가 뛰어나 사방에서 배움을 구하러 오는 사람들이 많았다고 한다. 지정(至正) 3년에는 원 순제(順帝)가 그의 문재(文才)을 듣고 경사로 불러 문림랑비서감승(文林郞秘書監丞)을 제수했을 정도였다.

✿ 용이 나타나는 연못

《대룡추기》는 대룡추 폭포의 장관을 묘사한 작품이다. 그 뛰어난 상상력과 필치는 원대 산문의 성취를 잘 보여준다. 대룡추는 절강성(浙江省) 악청현(樂淸縣)과 평양현(平陽縣) 경계에 있는 안탕산(雁蕩山)에 있다. 안탕산은 남안(南雁)·중안(中雁)·북안(北雁)이루

폭포수가 떨어지면서 나타나는 흰 용 모양

어져 있으며, 중국 동남부의 유명한 국립공원이다. 송나라 사람 심괄(沈括; 1031~1095)은 일찍이 "세상에 기이하고 빼어난 것 중에 이 산을 뛰어넘을 수 있는 것은 없다(天下奇秀, 無逾此山)."라고 찬미한 바 있다. 대룡추 폭포는 중국 "4대 폭포(四大名瀑)"의 하나로, 청나라의 시인 강제(江堤)가 "용추폭포를 읊고 싶어도 붓을 대기 어렵고, 안탕산에 오지 않으면 인생을 잘못 산 것이리(欲寫龍湫難着筆, 不遊雁蕩是虛生)."라고 읊었을 정도로 웅장함을 자랑한다. 폭포

143

의 낙차는 192m로, 중국에서 낙차가 가장 큰 폭포이기도 하다. "대룡추"는 "큰 용이 나타나는 연못"이라는 의미로, 폭포수가 높은 곳에서 떨어지면서 아래의 연못에 큰 용이 만들어지기 때문에 이렇게 이름 했다. "추(湫)"는 늪이나 못을 의미한다.

🌸 점입가경

작품은 크게 두 부분으로 나눌 수 있다. 첫째는 폭포의 유량이 많을 때의 모습을 묘사한 부분이고, 둘째는 폭포의 유량이 적을 때의 모습을 묘사한 부분이다. 첫째 부분에서는 대룡추 폭포의 거대한 폭포 소리와 산속으로 들어가면서 변화하는 산봉우리의 묘사가 압권이다. "따르는 사람들이 놀라고 두려워 벌벌 떨(從者心掉)" 정도의 "골짜기를 휘감는 거대한 소리(大聲轉出谷中)"는 처음부터 사람을 압도하는 느낌을 준다. 또 처음에 보이는 산봉우리를 보고 "사람이 엎드린 것 같기도 하고, 큰 기둥 같기도 했다(作人俯勢, 又如大楹)"라고 한다. 다시 200걸음을 더 가서는 "두 다리로 서로 지탱하며 서있는 모습으로 바뀐 것 같다(更作兩股倚立)"라고 묘사한다. 또 다시 100여 걸음을 더 들어가 "큰 병풍이 서 있는 것 같다. 그 산봉우리는 갈라지고 깊은 것이 게의 집게발이 수시로 흔들리는 것 같았다(如樹大屏風, 而其巓谽谺, 猶蟹兩螯, 時一動搖)."라고 묘사한다. 시시각각으로 변하는 산의 경관을 재빠르게 독자에게 전해주고 있다. 특히 산봉우리에 대한 묘사가 아주 절묘하다. "게의 집게발이 수시로 흔들리는 것 같다"라는 표현은 독자들에게 산의 모양을 눈앞에 선명하게 그려주는 듯하다. 또 뒤의 북쪽의 산을 "옥으로 만든 홀(笏)이 서 있는 것 같았다(如樹圭)"고 한 것과 폭포수가 아래 연못으로 떨어지는 거대한 소리를 "만 사람이 북을 치는 것 같았다(萬人鼓也)."라고 한 것도

144

묘사가 아주 생동적이다. 두 번째 부분은 첫째 부분의 웅장한 모습과는 달리 대룡추 폭포 아래에 있는 연못의 아름다운 모습을 묘사했다. 폭포수를 맞는 돌 위로 "주단 같은 붉은 빛을 반사시켰다(反紅如丹砂)"라든지 "돌 사이로 진흙의 기운이 조금도 없어 이곳에 자라는 나무는 야위어야 하는데 도리어 푸른 것이 비취 새와 들오리의 깃털처럼 부드러웠다(石間無秋毫土气, 産木宜瘠, 反碧滑如翠羽鳧毛)."라는 비유는 연못의 아름다운 모습을 잘 보여준다.

중국의 저명한 현대문학가 욱달부(郁達夫; 1896~1945)는 ≪안탕산의 가을 달(雁蕩山的秋月)≫이라는 글에서 "이 대룡추 폭포의 진경을 묘사한 말이 한 마디도 없다(無一語, 能寫得出這大龍湫的眞景)."라고 아쉬워했다. 그가 이 ≪대룡추기≫를 보았다면, 그의 생각이 어쩌면 바뀌었을 것이라는 생각이 든다.

145

무송이 경양강에서 호랑이를 때려잡다

景陽岡武松打虎

[明] 시내암(施耐庵)

18

무송은 계속 길을 갔다. 술기운에 얼굴이 화끈거려 한 손으로 몽둥이를 쥐고 다른 한 손으로 가슴께를 열어젖혔다. 비틀거리면서 곧장 숲으로 나아갔다. 반질반질한 큰 푸른 돌이 보였다. 몽둥이를 한쪽에 기대놓고 누워 자려던 찰나에 광풍이 한 차례 지나갔다. 그 바람을 보니 이러했다:

형체도 그림자도 없는 것이 사람의 마음을 지나가고,
만물이 피도록 사계절 내내 불 수 있네.
나무에 나아가니 낙엽을 따서 가고,
산에 들어가니 오는 백운을 밀어내네.

원래 세상에 구름이 생기면 용이 따르고 바람이 생기면 호랑이가 따르는 법. 그 바람이 몰아친 곳의 숲 뒤편에서 스치는 소리가 들리더니 눈이 치켜 올라가고 이마가 흰 커다란 호랑이가 튀어나왔다. 무송은 "으윽"하며 소리를 지르더니, 푸른 돌에서 몸을 바로 세우고 몽둥이를 쥐고 푸른 돌 가로 잽싸게 피했다. 호랑이는 배가 고프고 목이 말랐는지 두 발톱으로 땅을 약간 긁더니 몸째로 위를 향하더니 공중에서 몸을 던져 내려왔다. 무송은 깜

147

짝 놀라 몸이 오싹할 정도로 식은 땀이 났다. 말할 땐 늦어도 그땐 빨랐다. 무송은 호랑이가 덮치는 것을 보고 한쪽으로 잽싸게 피해 호랑이 뒤쪽으로 갔다. 호랑이는 뒤쪽에서 사람이 보는 것을 가장 싫어한다. 앞 발톱을 땅에 대고 허리를 치켜들고 몸을 일으켜 세웠다. 무송은 또 한쪽 옆으로 피했다. 호랑이는 몸을 세워도 그를 제압할 수 없자 포효했다. 그 소리가 하늘에 벼락이 치는 듯 했고, 경양강이 흔들리는 듯 했다. 이에 철봉 같은 꼬리를 세워 휘두르니, 무송은 또 다시 한쪽으로 잽싸게 피했다. 원래 호랑이는 달려들고 몸을 세우고 꼬리를 휘둘러 공격하는데, 이 세 가지로 상대를 제압하지 못하면 기가 반은 꺾인다. 호랑이는 꼬리를 휘둘러도 제압하지 못하자 다시 한 번 포효하더니 한 바퀴 돌고 돌아왔다. 무송은 호랑이가 다시 몸을 돌려 달려드는 것을 보고 몽둥이를 두 손으로 쳐들었다가 있는 힘을 다해 한 대 내리갈겼다. 와지끈 하는 소리와 함께 나뭇가지와 잎사귀들이 우수수 떨어졌다. 다시 자세히 보니, 엉겁결에 내리친다는 것이 호랑이는 맞히지 못하고 마른나무를 후려갈겨 손에 든 몽치가 두 토막 나서 절반은 날아가고 절반은 손에 남아 있었다. 호랑이가 연거푸 포효하며 재차 덮치니 무송은 이번에도 몸을 날려 10여 보 밖으로 물러났다. 호랑이가 다시 덮쳐와 그놈의 앞발이 발부리 앞을 짚을 때 무송은 동강난 몽둥이를 내던지고 두 손으로 호랑이의 대가리를 움켜쥐고 내리눌렀다. 호랑이는 용을 쓸 대로 썼으나 무송이 있는 힘껏 내리누르는 바람에 빠져날 수가 없었다. 무송은 손으로 내리누리는 한편 발길로 호랑이의 이마빼기와 눈퉁이를 연신 걷어찼다. 호랑이가 고함을 지르며 앞발로 긁어 차는 바람에 땅에 구덩이가 생겼다. 이때라고 생각한 무송은 호랑이의 주둥이를 그 구덩이에다 눌러 박았다. 호랑이는 무송한테 눌려서 맥이 어지간히 빠진 상태였다. 무송은 왼손으로 호랑이의 정수리를 움켜쥐고 단단히 누른 채 오른손을 빼내 쇠망치

같은 주먹으로 있는 힘을 다해서 마구 내리쳤다. 60~70번쯤 내리치자 호
랑이의 눈과 입과 코와 귀에서 피가 터져 나왔다. 무송은 평생의 위력과 무
예를 다 써서 잠시간에 호랑이를 때려눕혔는데, 마치 큰 비단부대를 엎어
놓은 것 같았다. 무송이 경양강에서 호랑이를 잡은 장면을 묘사한 이런 시
가 있다.

경양강 산마루에 광풍이 몰아치니, 만리의 검은 구름 햇빛을 가리네.
빛 진한 저녁노을 숲 위에 비껴있고, 차디찬 저녁 안개 하늘을 뒤덮었네.
벽력같은 고함소리 갑자기 울리더니, 산중호걸 산허리에 나타났네.
머리 들고 날치면서 이빨과 발톱 드러내니, 노루 사슴 따위는 넋을 잃고 내빼네.
청하의 장사는 술도 깨지 않은 채로, 산마루에 홀로 있다 엉겁결에 맞섰다네.
굶주리고 목말라 사람 찾던 호랑이, 사납게 덮쳐드니 흉악하기 그지없네.
달려드는 호랑이는 무너지는 산과 같고, 맞다드는 사람은 떨어지는 바위 같네.
내리치는 주먹은 포석이 떨어지는 듯하고, 발톱으로 후빈 곳엔 구덩이 패였네.
주먹과 발길은 빗발처럼 떨어지고, 두 손엔 붉은 피 낭자하게 묻었네.
피 뿌려진 송림엔 비린내 풍기고, 흩어진 털과 수염 산마루 덮었네.
가까이서 보면 천근 힘도 더 있는 듯 하고, 멀리서 바라보면 위풍도 당당하네.
풀밭에 쓰러지니 얼룩무늬 안 보이고, 감겨진 두 눈엔 불빛이 사라졌네.

경양강의 그 맹호는 무송이 한참 휘두른 주먹질과 발길질에 더는 움직이
지 못하고 입으로만 가는 숨을 몰아쉴 뿐이었다. 무송은 손을 떼고 소나무
옆으로 가서 동강난 몽둥이를 찾아들고 혹시 채 죽지 않았을까 해서 또 한
바탕 내리쳤다. 맹호의 숨이 끊어지자 그제야 몽둥이를 내던졌다. "어디,
이놈을 끌고 경양강을 내려가 볼까?" 무송은 이렇게 생각하면서 피가 질펀
한 손을 밀어 넣어 들려고 했으나 움쩍도 하지 않았다. 힘을 지나치게 다

149

쓰고 난 뒤라 맥이 풀려 손발이 나른해져서 꼼짝도 할 수 없었다.

❖ ≪수호전(水滸傳)·경양강무송타호(景陽岡武松打虎)≫ (제23회)

武松走了一直, 酒力發作, 焦熱起來, 一隻手提着梢棒, 一隻手把胸膛前袒開, 踉踉蹌蹌, 直奔過亂樹林來. 見一塊光撻撻大靑石, 把那梢棒倚在一邊, 放翻身體, 却待要睡, 只見發起一陣狂風來. 看那風時, 但見:

無形無影透人懷, 四季能吹萬物開.

就樹撮將黃葉去, 入山推出白雲來.

原來但凡世上雲生從龍, 風生從虎. 那一陣風過處, 只聽得亂樹背後撲地一聲響, 跳出一隻吊睛白額大蟲來. 武松見了, 叫聲: "呵呀!" 從靑石上翻將下來, 便拿那條梢棒在手裏, 閃在靑石邊. 那個大蟲又饑又渴, 把兩隻爪在地下略按一按, 和身望上一撲, 從半空裏攛將下來. 武松被那一驚, 酒都做冷汗出了. 說時遲, 那時快, 武松見大蟲撲來, 只一閃, 閃在大蟲背後. 那大蟲背後看人最難, 便把前爪搭在地下, 把腰胯一掀, 掀將起來. 武松只一躱, 躱在一邊. 大蟲見掀他不着, 吼一聲, 却似半天裏起個霹靂, 振得那山岡也動; 把這鐵棒也似虎尾倒竪起來, 只一剪, 武松却又閃在一邊. 原來那大蟲食人, 只是一撲, 一掀, 一剪, 三般提不着時, 氣性先自沒了一半. 那大蟲又剪不着, 再吼了一聲, 一兜兜將回來. 武松見那大蟲復翻身回來, 雙手輪起梢棒, 儘平生氣力, 只一棒, 從半空劈將下來. 只聽得一聲響, 簌簌地將那樹連枝帶葉劈臉打將下來. 定睛看時, 一棒劈不着大蟲, 原來打急了, 正打在枯樹上, 把那條梢棒折做兩截, 只拿得一半在手裏. 那大蟲咆哮, 性發起來, 翻身又只一撲撲將來. 武松又只一跳, 却退了十步遠. 那大蟲恰好把兩隻前瓜搭在武松面前, 武松將半截棒丟在一邊, 兩隻手就勢把大蟲頂花皮胑䏶地揪住, 一按按將下來. 那隻大蟲急要掙扎, 被武松儘氣力捺定, 那裏肯放半點兒鬆寬. 武鬆把隻脚望大蟲面門上, 眼睛裏, 只顧亂踢. 那大蟲咆哮起來, 把身底下爬起兩堆黃泥做了一個土坑. 武松把大蟲嘴直按下黃泥坑裏去. 那大蟲喫武松奈何得沒了些氣力. 武松把左手緊緊地揪住頂花皮, 偸出右手來, 提起鐵鎚般大小拳頭, 儘平生之力只顧打. 打到五十七拳, 那大蟲眼裏·口裏·鼻子裏·耳朵裏, 都迸出鮮血來. 那武松盡平昔神威, 仗胸中武藝, 半歇兒把大蟲打做一堆, 却似躺着一個錦布袋. 有一篇古風, 單道景陽岡武松打虎:

景陽岡頭風正狂, 萬里陰雲霾日光.
觸目晚霞掛林藪, 侵人冷霧滿窮蒼.
忽聞一聲霹靂嚮, 山腰飛出獸中王.
昂頭踊躍逞牙瓜, 麋鹿之屬皆奔忙.
清河壯士酒未醒, 風頭獨坐忙相迎.
上下尋人虎饑渴, 一掀一撲何猙獰.
虎來撲人似山倒, 人去迎虎如巖傾.
臂腕落時墮飛炮, 爪牙爬虎聲泥坑.
拳頭脚尖如雨點, 淋漓兩手猩紅染.
腥風血雨滿松林, 散亂毛鬚墮山奄.
近着千鈞勢有餘, 遠觀八面威風斂.
身橫野草錦斑鎖, 緊閉雙睛光不閃.

當下景陽岡上那隻猛虎, 被武松沒頓飯之間, 一頓拳脚打得那大蟲動撣不得, 使得口裏兀自氣喘. 武松放了手, 來松樹邊尋那打折的棒橛, 拿在手裏, 只怕大蟲不死, 把棒橛又打了一回. 那大蟲氣都沒了. 武松再尋思道: "我就地拖得這死大蟲下岡子去?" 就血泊裏雙手來提時, 那裏提得動. 原來使盡了氣力, 手脚都蘇軟了, 動撣不得.

이번에 소개할 작품은 《삼국연의(三國演義)》와 함께 중국 고전소설을 대표하는 《수호전(水滸傳)》이다. 우리나라에서는 《수호지(水滸志)》로도 알려져 있다. 《수호전》은 100회(回)에 달하는 장편소설이다. 지면상 이곳에서는 《수호전》에서 가장 흥미로운 부분인 무송(武松)이 호랑이를 잡는 장면을 소개한다.

_____ 18 무송이 경양강에서 호랑이를 때려잡다

❀ 《수호전》의 탄생과 유행

《수호전》은 장구한 세월을 거치면서 민간의 전설과 사람들의 집체적 창작을 기초로 최후의 작가가 정리하고 윤색하여 이루어진 장편소설이다. 《수호전》도 《삼국연의》처럼 나름대로 역사적 근거가 있다. 《송사(宋史)·휘종본기(徽宗本紀)》에는 다음과 같은 기록이 있다.

> 선화 3년(1121) 2월, 회남의 도적 송강 등이 회양군을 습격하자 장수를 보내 토벌했다. 또 경동과 강북을 침범하고, 초주와 해주로 들어왔다. 그곳의 지사였던 장숙야에게 이들을 회유할 것을 명했다(宣和三年二月, 淮南盜宋江等犯淮陽軍, 遣將討捕. 又犯京東江北, 入楚海州界, 命知州張叔夜招降之).

정사의 기록은 아주 간단하나 여기에 도적들의 의로운 이야기가 전승되다가 원말명초에 소설로 정착되었던 것이다. 《수호전》의 모태는 송말원초에 나온 《대송선화유사(大宋宣和遺事)》로 《수호전》의 대략적인 줄거리와 인물이 갖추어져있다. 원나라 초기 나엽(羅燁)의 《취옹담록(醉翁談錄)》에 《석두손립(石頭孫立)》·《청면수(青面獸)》·《화화상(花和尙)》·《무행자(武行者)》 등의 화본(話本) 목록이 있는 것으로 보아 남송 때에도 《수호전》이 널리 유행했음을 알 수 있다. 원대 잡극(雜劇)에서도 강진지(康進之)의 《이규부형(李逵負荊)》이나 고문수(高文秀)의 《쌍헌공(雙獻功)》 등처럼 《수호전》의 이야기를 소재로 삼은 작품이 20여 편이 있다(현존하는 것은 5편). 특징은 양산박(梁山泊)의 영웅이 36인에서 108인으로 바뀌었다는 것이다. 이렇게 민간에서 전설로 전해지고 화본과 잡극으로 유전되던 것을 편집 정리하여 완전한 장편소설로 탄생된 것은 원말명초이다.

152

✿ ≪수호전≫의 작가 시내암

　≪수호전≫의 작가에 대해서는 시내암(施耐庵)이라는 설, 나관중(羅貫中)이라는 설, 시내암이 짓고 나관중이 개편했다는 설 등이 있다. 이중 시내암이 지었다는 설이 가장 유력하다. 참고로 한국과 중국에서 나온 책에서는 저자를 시내암이라 한 것도 있고(대표적으로 이문열의 ≪수호지≫), 시내암과 나관중이 공동으로 지었다고 한 책도 있다(대표적으로 중국 人民文學출판사의 ≪수호전≫). 시내암은 원말명초 전당(錢塘; 지금의 浙江省 杭州) 사람이고, 이름은 자안(子安)이다. "내암"은 그의 호이다. 35세 때 진사에 합격하여 전당에서 2년간 관직에 있었다. 후에 사직하고 소주(蘇州) 창문(閶門)에 살다가 강소(江蘇) 홍화현(興化縣)으로 옮겨갔다고 한다.

　시내암(施耐庵; 1296～1370)은 원말명초의 문학가이다. 이름은 자안(子安)이고, 전당(錢塘; 지금의 浙江省 杭州) 사람이다. "내암"은 그의 호이다. 35세 때 진사에 합격하여 전당에서 2년간 관직에 있었다. 후에 사직하고 소주(蘇州) 창문(閶門)에 살다가 강소(江蘇) 홍화현(興化縣)으로 옮겨갔다. 대표작으로는 ≪수호전(水滸傳)≫・산곡 ≪추강송별(秋江送別)≫이 있다. 현재 강소성(江蘇省) 대풍시(大豊市) 백구진(白駒鎭)에 시내암기념관(施耐庵紀念館)이 있다.

시내암기념관(施耐庵紀念館)

✿ ≪수호전≫의 판본과 내용

　≪수호전≫의 조본(祖本)은 원말명초에 나왔으나 지금은 전하지 않는다. 명나라 사람 고유(高儒)의 ≪백천서지(百川書志)≫에 "시내암이 원저자이고, 나관중이 순서를 배열함(施耐庵的本, 羅貫中編次)"이라고 제(題)한 ≪충의수호전 일백권(忠義水滸傳一百卷)≫이 조본에 가까운 듯하다. 현재 가장 오래된 판본은

가정(嘉靖) 연간(1522~1542)에 무정후(武定侯) 곽훈(郭勛)이 간각한 100회본으로 내용이 풍부하고 문장이 잘 다듬어져 있다. ≪수호전≫의 문학적 지위는 이 곽본(郭本)에 의해 결정되었다. 천계(天啓)·숭정(崇禎) 연간에는 양정견(楊定見)이 엮은 120회본 ≪충의수호전전(忠義水滸全傳)≫이 나왔다. 100회본은 송강 등이 조정에 불려 들어간 후 요(遼)와 방랍(方臘)을 정벌하는 것으로 끝이 나는데, 120회본은 송강이 요를 정벌한 다음 전호(田虎)와 왕경(王慶)을 정벌하는 내용이 더 들어가 있다.

소설의 구성은 판본마다 다소 차이가 있지만 가장 유행하는 100회본을 가지고 말한다면 두 부분으로 나눌 수 있다. 전반은 108인의 호한들이 각자의 원인으로 도적이 되어 양산박으로 모여드는 이야기로 71회까지가 여기에 해당한다. 후반은 양산박에 모인 도적집단이 강성해져 관군과 싸우다가 조정에 귀순하는 부분이다. 송강을 수령으로 한 이 무리들은 요(遼)를 물리치고 방랍(方臘)의 난을 진압한다. 이 과정에서 108인의 태반이 전사 내지 병사하고 27인만 개선한다. 이들에게는 관직과 작위가 내려지지만 노준의(盧俊義)·송강(宋江)·이규(李逵) 등은 간신들에게 독살되는 것으로 끝을 맺는다.

❀ ≪수호전≫의 주제의식

≪수호전≫은 71회를 기준으로 전반과 후반으로 나누어진다. 전반은 ≪수호전≫의 주역들이 양산박으로 갈 수 밖에 없는 상황이 설정되어 있다. 권세 있는 자들의 불의에 맞서다 이른바 사고를 친 영웅들의 모습이 그려져 있다. 이 부분은 당시 불합리하고 불평등한 사회상을 잘 보여주면서 백성들을 대신해 불의한 무리들을 징벌하는 모습을 보여준다. 후반은 양산박에서 세력을 일구어 조정에 맞서다 조정에 귀순하고 요와 방랍의 난을 진

압하는 모습과 개선 후 간신들에 의해 독살되는 부분들이다. 이 부분을 보면서 자신을 핍박했던 조정에 꼭 귀순했어야 했는가라는 생각이 든다. 양산박에 모인 영웅들의 선택은 여러 가지가 있었을 것이다. 그러나 그들은 결국 귀순을 택했다. 왜 귀순했을까? 여기에 《수호전》의 다른 묘미가 있다. 그것은 황제의 명을 거스를 수 없다는 대명제가 있었다. 자신이 아무리 억울한 누명을 받았어도 고대 중국인들의 마음에는 황제의 말을 어기는 것은 용납되지 않았던 것이다. 이것이 양산박에 모인 영웅들이 한계였다. 더 나아간다는 것은 황제에게 저항하는 것이고 이는 천고의 대죄인 것이다. 그래서 그들은 더 나아가지 못하고 귀순했던 것이다. 그리고 그들은 나라를 위해 목숨을 희생했고 살아남은 사람들은 조정에 돌아와 독살되었다. 《수호전》을 보면 역사란 이렇게 잔인한 것임을 보여주는 것 같다.

🌸 호랑이를 때려잡은 무송

예전에 중국인 선생님에게 《수호전》에서 가장 흥미로운 부분을 물어봤더니, 그 선생님은 조금의 망설임 없이 바로 무송이 호랑이 때려잡는 부분이라고 말씀하셨던 기억이 난다. 이처럼 무송이 호랑이를 때려잡는 장면은 중국인들 사이에서도 아주 잘 알려진 이야기이다. 《수호전》에서 무송이 호랑이를 때려잡는 부분은 제23회에서 그려지고 있다. 무송은 송강과 헤어지고 길을 떠나 형 무대(武大)를 보러 길을 떠난다. 양곡현(陽谷縣)에 와서 배가 고파 한 주점에서 밥과 술을 먹는다. 밥을 다 먹고 계산을 마치고 길을 나설 때 주점의 주인장이 무송에게 앞쪽의 경양강(景陽岡)에 눈이 치켜 올라가고 정수리가 하얀 호랑이가 있으니 날이 밝으면 가라고 권한다. 그러나 무송은 이를 믿지 않고 주인장이 하룻밤 더 묵게 하여 돈을 더 받으려는 상술로 생각한다. 주인장은 무송이 듣지 않자 체념하고 주점으로 돌아간다. 무송은 혼자 경양강으로 들어간다. 그때는 이미 해가 서쪽으로 지려는 찰나였다. 산속을 가자 산신을 모신 사당에 걸린 호랑이가 출몰한다는 것을 알리는 팻말을 보고 무송은 그때서야 주인장의 말을 믿는다. 무송은 다시 돌아가고 싶었으나 웃음거리가 될까 가던 길을 계속 가게 되는데 여기에서 호랑이를 만난다. 무송이 호랑이를 잡는 부분은 두 부분으로 나눌 수 있다. 첫째 부분은 호랑이가 공격하고 무송이 피하는 것이다. 호랑이의 공격은 첫째가 몸을 던져 상대에게 덮치는 것이고, 둘째가 몸을 치켜세워 달려드는 것이고 셋째가 꼬리를 휘두르는 것이다. 무송은 호랑이의 세 차례 공격을 모두 피해 호랑이의 기세를 꺾는 부분이다. 둘째 부분은 호랑이가 다시 전열을 정비해 달려들자 무송이 맨손으로 호랑이를 잡는 부분이다. 무송이 맨손으로 호랑이를 잡는 부분을 다시 한 번 보자.

두 손으로 호랑이의 대가리를 움켜쥐고 내리눌렀다. 호랑이는 용을 쓸 대로 썼으나 무송이 있는 힘껏 내리누르는 바람에 빠져날 수가 없었다. 무송은 손으로 내리누르는 한편 발길로 호랑이의 이마빼기와 눈퉁이를 연신 걷어찼다. 호랑이가 고함을 지르며 앞발로 긁어 차는 바람에 땅에 구덩이가 생겼다. 이때라고 생각한 무송은 호랑이의 주둥이를 그 구덩이에다 눌러 박았다. 호랑이는 무송한테 눌려서 맥이 어지간히 빠진 상태였다. 무송은 왼손으로 호랑이의 정수리를 움켜쥐고 단단히 누른 채 오른손을 빼내 쇠망치 같은 주먹으로 있는 힘을 다해서 마구 내리쳤다. 60∼70번쯤 내리치자 호랑이의 눈과 입과 코와 귀에서 피가 터져 나왔다. 무송은 평생의 위력과 무예를 다 써서 잠시간에 호랑이를 때려눕혔는데, 마치 큰 비단부대를 엎어놓은 것 같았다.

묘사가 상당히 놀랍지 않은가. 무송과 호랑이가 싸우는 모습이 독자들의 눈앞에 생생하게 그려지는 듯하다. 아울러 무송이라는 인물의 힘·용기와 담력에 놀라움을 금치 못하게 만든다. 양곡현 지현(知縣)은 호랑이를 잡아 백성들의 걱정거리를 없애준 무송에게 큰 상과 함께 마을의 치안을 담당하는 도두(都頭)라는 직책을 하사한다. 무송은 이 일로 자신의 이름을 세상에 알린다. 그리고 이 단락의 이야기를 통해 묘사가 생동적인 ≪수호전≫ 문장의 일면을 또한 볼 수 있다.

진주 한 섬마다 시름은 만 섬

―斛明珠萬斛愁

19

[明末清初] 오위업(吳偉業; 1609~1672)

황상께서 붕어하시고 세상을 등지신 날,

(오삼계는) 적을 물리치고 수도를 수복하려 산해관을 떠났네.

(명나라) 전군은 상복을 입고 통곡했건만,

(오삼계는) 미인 때문에 대노했네.

미인의 기구한 운명 내 애달아 할 바 아니나,

역적 (이자성)은 흥청망청 잔치하느라 천벌을 받았네.

(오삼계는) 번개처럼 (이자성의) 반란군들을 소탕하고,

황상과 부모 영전에 곡하고 미인을 다시 만났네.

(숭정의 장인) 전홍우(田弘遇)의 집에서 처음 만난 날,

귀족의 저택에서는 노래와 춤이 꽃처럼 피어났지.

왕실 외척이 사는 곳에 공후를 키는 기녀가 허락되어,

장군이 데리러 오자 기름을 바른 귀한 수레에 보냈네.

(그녀의) 고향은 (강소성) 소주의 완화리,

어릴 적 이름인 원원(圓圓)은 비단보다 고왔네.

꿈에 (오나라) 부차(夫差)의 고소대(姑蘇臺)에서 노니,

159

궁녀의 부축을 받아 들어가면 임금도 일어나네.
전생은 연밥 따던 서시(西施)임이 분명하고,
문 앞엔 한 줄기 횡당(橫塘)의 물이 흘렀네.
(소주의) 횡당에서 나는 듯이 한 쌍의 노를 젓다가,
어느 곳의 호족에게 억지로 끌려왔을까?
잘 될 운명인 것을 어찌 알았으리,
그때는 눈물로 옷자락만 적실뿐이었네.
하늘을 찌를 듯한 기세로 궁정에 들어왔건만,
맑은 눈동자 하얀 이의 미인을 반기는 사람 없었네.
궁중에서 빼어다가 양갓집에 숨기고,
새로운 노래를 가르치니 자리한 손님마다 탄복하네.
손님들이 잔을 돌리는 사이에 해가 저무는데,
애달픈 곡은 누구에게 하소연하는 것이던가?
희고 늠름한 무장은 나이도 젊은데,
이 꽃가지를 꺾으려 자꾸만 고개를 돌리네.
새장에서 한시바삐 이 아리따운 새를 꺼내려 하니,
어느 때 은하수를 건너길 기다리겠는가?
한스러운 출전명령이 한사코 사람을 다그치니,
괴로운 후일의 언약만 남겼으니 사람을 그르치는구나.
서로 맺은 언약은 깊었건만 만나기 어렵고,
하루아침에 개미 떼 같은 역적들이 북경을 메우는구나.
누대 끝의 버드나무 같은 시름에 겨운 가련한 여인을,
하늘가에 흩날리는 버들개지처럼 보네.
녹주(綠珠)를 찾아내듯 안채를 에워싸고,

강수(絳樹)처럼 억지로 난간에서 끌어내는구나.

장군이 모든 병력을 동원하여 승리를 거두지 못했다면,

어떻게 미인을 말에 태우고 돌아올 수 있었으리.

미인이 말을 타고 돌아온다는 전갈이 차례로 전해지니,

쪽진 머리채 헝클어졌어도 놀란 마음은 진정되네.

전장에서 촛불을 밝히며 맞이하니,

온 얼굴엔 눈물자국과 붉은 얼룩뿐이네.

퉁소와 북소리 울리며 진천(秦川)으로 진격하니,

(섬서와 사천을 잇는) 금우(金牛) 길엔 천 대가 넘는 병거가 지나네.

야곡(斜谷)의 구름 깊은 곳에 그림 같은 누각을 짓고,

대산관(大散關) 달 기우는 곳에서 화장거울을 열었네.

소식이 장강의 고향마을까지 퍼지고,

오구목(烏桕木)의 붉은 단풍에 서리 내리기 열 번.

노래를 가르치던 기방의 선생은 무사함을 다행으로 여겼고,

동료 기녀들도 같이 지내던 시절을 그리워하네.

옛날에는 둥지에서 함께 진흙을 머금던 제비신세였는데,

이제는 높은 가지위로 날아올라 봉황이 되었구나.

어떤 이는 술잔을 앞에 두고 늙어 감을 늘 슬퍼하는데,

어떤 이는 남편 잘 만나 왕후자리를 차지했네.

세상의 명성이 쌓이기만 하니,

귀족과 외척, 명문 호족들이 다투어 초청하네.

진주 한 섬마다 시름은 만 섬,

관문과 산천을 떠도느라 허리가 가늘어졌네.

광풍에 흩날리는 떨어진 꽃잎 같은 신세를 원망도 하였더니,

문득 천지에 가없는 봄빛이 가득하네.

일찍이 성과 나라를 기울게 한 미인이 있었다지만,

주유(周瑜)도 소교(小喬)를 부인으로 맞아 명성을 얻지 않았던가.

아내 된 사람이 어찌 천하대사에 관여 하리,

영웅이 너무 다정하니 어쩔 수 없네.

(오삼계의) 온 집안사람들 죽어 백골이 재가 되어도,

한 시대를 풍미한 미인은 청사에 빛나리라.

그대 보지 못했는가.

(부차가) 관왜궁(館娃宮)을 갓 지었을 때 원앙처럼 함께 잤고,

꽃 같은 서시(西施)를 수없이 보고도 싫증내지 않았음을.

(서시가) 향초를 캐던 개울에는 먼지 날리고 새만 공연히 울고,

향섭랑을 걷던 서시는 간데없고 이끼만 푸르네.

곡을 바꾸니 시름은 더욱 깊어지는구나.

(오삼계가 주둔한) 한중(漢中)에는 멋진 가무가 펼쳐지네.

그댈 위해 특별히 오나라 왕궁의 노래를 부르니,

한수는 동남으로 밤낮없이 흘러가네.

❖ ≪원원곡(圓圓曲)≫

鼎湖當日棄人間, 破敵收京下玉關. 慟哭六軍俱縞素, 衝冠一怒爲紅顔. 紅顔流落非吾戀, 逆賊天亡自荒讌. 電掃黃巾定黑山, 哭罷君親再相見. 相見初經田竇家, 侯門歌舞出如花. 許將戚里箜篌伎, 等取將軍油壁車. 家本姑蘇浣花里, 圓圓小字嬌羅綺. 夢向夫差苑裏遊, 宮娥擁入君王起. 前身合是採蓮人, 門前一片橫塘水. 橫塘雙槳去如飛, 何處豪家强載歸? 此際豈知非薄命, 此時只有淚沾衣. 薰天意氣連宮掖, 明眸皓齒無人惜. 奪歸永巷閉良家, 教就新聲傾坐客. 坐客飛觴紅日暮, 一曲哀弦向誰聽? 白晳通侯最少年, 揀取花枝屢回顧. 早携嬌鳥出樊籠, 待得銀河幾時渡? 恨殺軍書底死催, 苦留後約將人誤. 相約恩深相見難, 一朝蟻賊滿長安. 可憐思婦樓頭柳, 認作天邊粉絮看. 遍索綠珠圍內第, 强呼絳樹出雕欄. 若非壯士全師勝, 爭得蛾眉匹馬還. 蛾眉馬上傳呼進, 雲鬟不整驚魂出. 蠟炬迎來在戰場, 啼妝滿面殘紅印. 專征簫鼓向秦川, 金牛道上車千乘. 斜谷雲深起畫樓, 散關月落開妝鏡. 傳來消息滿江鄉, 烏柏紅經十度霜. 教曲妓師憐尚在, 浣紗女伴憶同行. 舊巢共是啣泥燕, 飛上枝頭變鳳凰. 長向尊前悲老大, 有人夫壻擅侯王. 當時祇受聲名累, 貴戚名豪競延致. 一斛明珠萬斛愁, 關山漂泊腰支細. 錯怨狂風颺落花, 無邊春色來天地. 嘗聞傾國與傾城, 翻使周郎受重名. 妻子豈應關大計, 英雄無奈是多情. 全家白骨成灰土, 一代紅妝照汗靑. 君不見 館娃初起鴛鴦宿, 越女如花看不足. 香逕塵生鳥自啼, 屧廊人去苔空綠. 換羽移宮萬里愁, 珠歌翠舞古梁州. 爲君別唱吳宮曲, 漢水東南日夜流!

✿ 시대의 아픔을 노래한 오위업(吳偉業 ; 1609~1672)

　명말청초의 시인 오위업은 북조의 유신(庾信)과 유사한 경험을 한 경우이다. 즉 망국을 경험한 후 자신의 조국을 멸망시킨 나라에서 출사했다는 점과 이로 시풍이 변한 것이다. 차이점이라면 유신이 북제에서 평생 출사했다면 오위업은 청나라에서 약 2년 정도 출사했다는 점이다. 오위업은 숭정(崇禎) 4년(1631) 진사에 급제하여 한림원편수(翰林院編修)를 시작으로 관직에 나아갔다. 이후 남경국자감사업(南京國子監司業)과 좌중윤(左中允)·좌유덕(左諭德)·좌서자(左庶子) 등의 관직을 역임했다. 당시 명나라는 심각한 당쟁의 소용돌이 속에 빠져 국력을 소모하고 있었고, 북쪽에서는 강성해진 청이 명나라를 호시탐탐 노리고 있었다. 이에 오위업은 나라의 운명이 다한 것을 알고 관직에서 물러나 고향에 은거했다. 숭정 17년(1644) 즉 청 순치 원년에 명나라는 청나라에 멸망당했다. 이때 그의 나이 35세였다. 고향에서 명나라의 멸망 소식을 전해들은 오위업은 임금을 따라 자결하려고 했지만 모친의 간곡한 권유로 그만두었다. 숭정 17년 4월 14일 이자성(李自成; 1606~1645)의 군대가 북경을 함락하던 날 숭정 황제는 매산(煤山; 지금의 景山)에 올라 목매어 자살했다. 이로 남경의 명나라 신료들은 명 신종(神宗)의 손자이자 숭정 황제의 당형인 주유숭(朱由崧; 1607~1646)을 황제로 옹립하여 이른바 남명정권(南明政權)을 수립한다. 주유숭은 숭정 황제가 목매어 자결한 지 한 달 후인 5월 15일 황제로 즉위했다. 이가 홍광제(弘光帝)이다. 홍광제는 처음에 중원수복에 뜻을 두고 널리 인재를 구했다. 이때 오위업도 소첨사(少詹事)라는 관직을 제수 받았다. 그러나 임금의 사치와 무능에 관리들의 부패까지 목도한 오위업은 남명정권에서 어떠한 희망을 발견하지 못하고 두 달 만에 관직에서 사직했다. 1645년 청군은 파죽지세로 남하하여 5월에 남경을 함락했다. 오위업은 피란길에서 수많은 백성들의 참상을 목도하였다. 이런 일련의 경험들이 토대가 되어 남경이 함락된 후인 순치 2년부터 그의 시 창작은 절정기를 맞이했다. 그의 대표작이라고 할 수 있는 ≪비파행(琵琶行)≫·≪소사청문곡(蕭史靑門曲)≫·≪원원곡(圓圓曲)≫ 등이 모두 이 시기에 나왔다. 이들 작품들은 하나 같이 청군의 만행·백성들의 참상·망국의 고통이 잘 반영되어있다. 여기서는 ≪원원곡≫을 감상해본다.

❀ 오삼계(吳三桂 ; 1612~1678)와 진원원(陳圓圓)의 이야기

시는 명나라의 장수 오삼계와 진원원의 이야기를 통해 오삼계의 변절과 명나라가 패망하게 된 역사적 교훈을 보여준다. 오삼계는 명나라 말기 수도 북경을 방어하는 최전선인 산해관(山海關)을 지키는 사령관이었다. 산해관은 청군이 북경을 함락하기 위해서 반드시 거쳐야할 전략적 요충지였다. 그래서 명나라는 정예군 10만 명을 주둔시켜 이곳을 철통같이 방어했다.

진원원은 소주 사람으로 어려서 미모가 출중하고 뛰어난 목소리를 가진 가기(歌妓)였다. 당시 내우외환의 위기에 처한 숭정황제의 마음을 달래려고 전비(田妃)는 부친 전홍우(田弘遇)에게 강남의 미녀를 물색해 올려달라고 부탁했다. 전홍우는 강남에서 20만 냥의 은을 주고 진원원을 데리고 북경에 왔다. 그런데 좋아할 줄 알았던 숭정 황제가 여색에 관심을 보이지 않자 전홍우는 그녀를 자신의 저택으로 데리고 왔다. 진원원은 전씨의 저택에서 매일 가무에 참가하면서 권문세족들에게 이름이 알려졌다. 전홍우는 마침 북경에 있던 오삼계와 결탁하고자 오삼계를 연회에 초대하였다. 오삼계는 연회에서 진원원의 미모와 가무 솜씨에 첫눈에 반해버렸다. 오삼계의 마음을 안 전홍우는 진원원을 오삼계에게 바쳤다.

한편 외부의 전황은 급박하게 돌아갔다. 북쪽에서 청군의 움직임이 심상치 않다는 전갈이 온 것이다. 이에 오삼계는 진원원을 북경에 두고 급히 산해관으로 돌아갔다. 이 사이에 이자성의 농민군이 파죽지세로 진격하여 1664년 3월 18일에 북경을 함락시켰다. 이자성 휘하의 장수 유종민(劉宗敏)이 오삼계의 애첩 진원원을 차지한 것을 안 오삼계는 산해관의 관문을 열고 청군을 끌어들여 이자성을 공격하였다. 북경을 수복한 오삼계는 진원원과 상봉했다. 이로 두 사람은 줄곧 함께 하였다. 그러나 이 와중에서 미인을 구하려고 청군을 끌어들인 오삼계는 민족의 반역자라는 큰 비판을 받았다. 호미원(胡薇元)은 《몽흔관시화(夢痕館詩話)》(권4)에서 이 시를 이렇게 평했다.

이 시는 춘추필법을 이용한 금석에 새겨야 할 천고의 뛰어난 문장이다. 원진과 백거이 등도 이처럼 깊고 오묘하지 않았다. 글자마다 천금의 가치가 있고, 정과 운치가 모두 뛰어나다(此詩用春秋筆法, 作金石刻畵, 千古妙文. 長慶諸老, 無此深微高妙. 一字千金, 情韻俱勝).

165

✿ 오위업 시의 성취

　오위업 시의 중요한 특징은 인물이나 사건을 서술하듯 망국의 한을 노래
했다는 것이다. 이것은 백성들의 참상을 그대로 묘사했던 두보나 원호문의
경우와 달랐다. 오위업의 시에는 황제·비빈·관리 등이 겪은 역사적 참상
과 경험이 소재로 많이 등장하고 그 정서도 침울하고 비장한 경향을 띤다.
이를 ≪사고전서총목(四庫全書總目)≫는 이렇게 평가하고 있다.

　　동란을 만나 흥망을 두루 경험하면서 마음이 격동되고 처량해졌으니 풍골이
　더욱 힘차졌다(及乎遭逢喪亂, 閱歷興亡, 激楚蒼凉, 風骨彌爲遒上).

　또 혹자는 그의 시를 시대에 따라 읽으면 명말청초의 흥망사를 알 수 있
다고도 한다. 그만큼 그의 시는 사건과 인물 위주의 묘사가 두드러진다. 이
것이 전대의 작가들과 다른 그만의 중요한 성취라고 할 수 있다. 시를 쓴
형식도 다른 점이 있다. 두보와 원호문은 주로 7언 율시로 지은 반면, 오위
업은 7언의 장편 서사시(敍事詩) 형식으로 지었다. 보통 한 편의 서사시에는

오위업(吳偉業)의 모습

　명말청초의 시인. 자는 준공(駿公), 호는 매촌(梅村)이고, 강소
(江蘇) 태창(太倉) 사람이다. 숭정 4년(1631)에 진사에 급제하여 한
림원편수(翰林院編修)·좌서자(左庶子) 등의 관직을 역임하였다.
명나라가 멸망하자 은거하다 청 순치 10년(1653) 청 조정의 부름
에 응해 출사하여 비서원시강(秘書院侍講)·국자감좨주(國子監祭
酒) 등을 지냈다. 모친의 장례를 이유로 관직에서 물러나 다시 벼
슬길에 나아가지 않았다. 전겸익(錢謙益)·공정자(龔鼎孽)와 더불어
"강좌삼대가(江左三大家)"로 불린다. 칠언가행(七言歌行)에 뛰어났고,
현재 시 1,160수가 전한다. 대표작으로는 ≪비파행(琵琶行)≫·
≪소사청문곡(蕭史青門曲)≫·≪원원곡(圓圓曲)≫ 등이 있다.

80구 정도가 나온다. 이런 형식은 격변의 역사적 사실을 반영하기 위해서는 필연적이었다. 오위업의 시는 현재 1,160수 정도가 전하는데 이중 서사시가

해서체로 쓴 《원원곡(圓圓曲)》

60~70수 정도이다. 수량은 결코 많지 않지만 그를 문학사에 이름을 남기게 해준 작품들은 모두 이 방면에 속한다.

오위업의 시는 장편 서사시의 형식을 이용하여 명말청초의 격동의 변화를 읊어냈다. 그 근저에는 몸소 겪은 망국의 경험이 자리 잡고 있다. 그런 경험이 없었다면 이처럼 비정한 시대상을 반영한 장편의 서사시를 써낼 수 없었을 것이다. 그의 시를 보면 청나라의 작가 조익(趙翼; 1727~1814)이 ≪유산의 시에 제하며(題遺山詩)≫에서 "나라의 불행은 시인에게는 행운이고, 시를 씀에 큰 변화를 경험해야 좋은 구절이 나온다네(國家不幸詩家幸, 賦到滄桑句便工)."라고 한 구절이 생각난다.

하늘이 어찌 나를 이곳에 버려두었나?

天胡置我於此中?

[清] 황준헌(黃遵憲; 1848~1905)

아득한 동해의 물결은 하늘에 닿아있고,

하늘가 큰 둥근달의 달빛 밝기도 해라.

사람을 떠나보낸 한밤에 선미를 비추는데,

오늘 저녁엔 곱고 맑은 달 배로 빛을 내네.

배 이외엔 일촌의 땅도 없고,

위는 하늘 아래는 검은 바다라네.

여정에 오르니 사방으로 밝은 달 보이고,

돌아가는 배는 이미 삼천리나 지났네.

온 세상이 이 달을 함께해도,

세상 사람들은 중추절을 함께 하지 않네.

유럽 나라들은 이미 서기 이천년이건만,

그 빈번한 둥글고 이지러짐을 평범하게 보네.

선원들 나침반 들고 조타실로 올라가고,

배는 은하수와 함께 서쪽으로 흘러가네.

짙은 수염에 파란 눈의 사람들 취해 노래하니,

이방인의 즐거움은 사람의 근심만 더해주네.

이외의 가장 못한 삼등석에 탄 노동자들은,

꿈속에서나 잠시 사람에게 부려지는 것을 면하네.

개미처럼 바글바글한 노동자들 달콤한 잠에 빠져,

팔과 팔뚝을 베개 삼아 어지러이 자고 있네.

고요하고 적막한 삼경의 깊은 밤,

잔잔한 수면은 거울 같고 바람 소리도 없네.

하늘에 걸려 도는 바퀴는,

홀로 배회하며 처마 앞을 오가네.

내가 배를 따라 가면 달은 내 몸을 따라 오고,

달은 나를 떠나지 않으니 마음은 배로 친근해지네.

끝없는 동해 몇 만리나 되는지 모르겠고,

오늘 저녁에는 오직 나와 너 그리고 그림자 세 사람이네.

고개 들어 서쪽의 구름 깊은 곳을 가리키니,

아래에는 억만 세대의 사람들이 있다네.

몇 집의 남녀가 먼 이별을 할까?

몇 곳의 누대에서 가무를 할까?

기쁘고 슬픔 이별과 만남 비록 다르나,

사억의 사람들이 가을에 있는 것은 같다네.

어찌 중국이 있음을 알리,

미주 서쪽은 일본의 동쪽이니,

오로지 기울어진 외로운 작은 배만 있다네.

이 나그네 집을 나선지 어언 10년,

달빛은 점점 희어진 귀밑머리를 비춘다네.

해를 보며 한때 일본에 갔었고,

바람을 타고 태평양을 건너가기도 했다네.

고개 들어 고향의 달만 바라보니,

달은 때와 장소에 따라 각기 달라지네.

지금 우리 집을 바다를 사이에 두고 멀리 바라보니,

저 동쪽에선 해가 뜨는데 서쪽은 해가 지네.

정처 없이 떠도는 내 신세를 탄식하니,

마음껏 돌며 이른 곳은 길을 뚫듯 하였네.

우 임금의 자취가 이르지 않고 음력을 쓰지 않아,

내가 유력한 곳은 거의 다함이 없었다네.

중국의 발아래에 있는 지구의 반대편,

하늘이 어찌 나를 이곳에 버려두었나?

다른 날엔 끝이 없어 어디에 도착할 지?

나는 머리를 긁으며 하늘에 물어보려 하네.

잠이 오지 않아 난간에 기대니 마음은 어수선하고,

달그림자는 점점 아침의 붉은 노을로 변하니,

몽롱한 아침 해가 동쪽에서 나오네.

�֍ ≪팔월십오야태평양주중망월작가(八月十五夜太平洋舟中望月作歌)≫

茫茫東海波連天, 天邊大月光團圓. 送人夜夜照船尾, 今夕倍放淸光姸.

一舟而外無寸地, 上者靑天下黑水. 登程見月四面明, 歸舟已歷三千里.

大千世界共此月, 世人不共中秋節. 泰西紀曆二千年, 祇作尋常數圓缺.

舟師捧盤登舵樓, 船與天漢同西流. 虬髥高歌碧眼醉, 異方樂祇增人愁.

此外同舟下床客, 夢中暫免供人役. 沈沈千蟻趨黑甛, 交臂橫肱睡狼藉.

魚龍悄悄夜三更, 波平如鏡風無聲. 一輪懸空一輪轉, 徘徊獨作巡檐行.

我隨船去月隨身, 月不離我情倍親. 汪洋東海不知幾萬里, 今夕之夕惟我與爾對影成三人.

舉頭西指雲深處, 下有人家億萬戶. 幾家兒女遠別離? 幾處樓臺作歌舞?

悲歡離合雖不同, 四億萬衆同秋中. 豈知赤縣神州地, 美洲以西日本東,

獨有一客歃孤篷. 此客出門今十載, 月光漸照鬢毛改. 觀日曾到三神山,

乘風竟渡大瀛海. 舉頭祇見故鄉月, 月不同時地各別. 卽今吾家隔海遙相望,

彼乍東升此西沒. 嗟我身世猶轉篷, 縱遊所至如鑿空. 禹迹不到夏時變,

我遊所歷殊未窮. 九州脚底大球背, 天胡置我於此中? 異時汗漫安所抵?

搔頭我欲問蒼穹. 倚欄不寢心憧憧, 月影漸變朝霞紅,　朦朧曉日生於東.

✿ 18년을 외교관으로 보낸 황준헌(黃遵憲 ; 1848~1905)

사마천·이백·두보가 국내를 주유하며 작품창작에 굳건한 토대를 쌓았다면, 청나라 말기의 시인 황준헌은 외교관으로 오랫동안 국외에 근무하며 시 창작에 굳건한 토대를 쌓았다. 황준헌은 25세 때 공생(貢生)이 되고, 29세 때 거인(擧人)에 합격했다. 당시 그를 본 이홍장(李鴻章; 1823~1901)은 으뜸가는 인재라는 의미로 그를 "패재(覇才)"라고 극찬했다. 그해 말 황준헌은 주일대사관 참찬(參贊)이 되고, 다음해에 외교임무를 맡고 일본을 시작으로 미국·영국·싱가포르에서 장장 18년을 근무하였다. 이는 당시 중국인으로서는 아주 드문 경험이었다. 이 경험이 그의 시 창작에 일대 변화를 가져왔다.

황준헌은 일본에서 주일대사관 참찬으로 5년을 근무했다. 그는 일본인들과 두터운 친분을 쌓았는데, 그가 일본의 지기들과 주고받은 글은 일본에서 책으로 묶여질 정도였다. 황준헌은 일본에서 명승지를 둘러보고 ≪불인지만유시(不忍池晚遊詩)≫ 15수·≪유상근(遊箱根)≫ 4수 같은 경물을 노래한 시를 지었다. 또한 일본에 있는 동안 메이지유신을 보고 큰 감명을 받기도 했다.

청나라 말기의 외교관이자 시인. 자는 공도(公度), 호는 인경려주인(人鏡廬主人)이며, 광동(廣東) 가응주(嘉應州) 사람이다. 1876년 거인(擧人)이 되어 사일참찬(使日參贊)·샌프란시스코 총영사·주영참찬(駐英參贊)·싱가포르 총영사·호남안찰사(湖南安察使) 등을 역임했다. 새로운 문물을 소재로 한 시를 지어 중국시의 혁신에 이바지했다. 대표작으로는 ≪인경려시초(人鏡廬詩草)≫·≪일본국지(日本國志)≫·≪일본잡사시(日本雜事詩)≫ 등이 있다.

황준헌(黃遵憲)의 모습

황준헌은 35세 때 미국 샌프란시스코 총영사로 부임했다. 그는 이곳에서 화교들의 권리를 위해 큰 노력을 기울였다. 그리고 1885년 황준헌은 잠시 귀국했다. 이때 돌아가는 배위에서 지은 시가 바로 유명한 ≪8월 15일 밤에 태평양의 돌아가는 배 위에서 달을 보며 노래하다(八月十五夜太平洋舟中望月作歌)≫이다.

❀ "백 년 동안 보기 드문 작품"

시는 광활한 태평양을 지나는 배에서 중추절을 맞이하여 이역에서의 외로움과 가족을 그리는 마음을 절실하게 읊고 있다. 시는 달을 보고 사람을 그리워하는 전통 시의 특징을 보여주면서도 외국인의 모습·시차·명절습관 등을 읊고 있어 참신한 느낌을 준다. 형식적으로 전통적인 7언시의 기조를 유지하면서 중간에 9글자와 13글자로 읊은 점이 이채롭다. 이점 때문에 린경바이(林庚白)는 ≪금시선범례(今詩選凡例)≫에서 이 시를 "백 년 동안 보기 드문 작품으로(百午來罕觀之作)", "이전에는 없었을 뿐만 아니라 지금 시를 배우는 사람들을 위해 새로운 길을 연 것이니, 정말이지 지금의 시이다(前無古人, 且爲今之學詩者開辟一徑, 眞乃今詩也)."라고 극찬한 바 있다.

173

❀ 중국 시의 소재와 표현영역의 확대

황준헌은 미국에서 돌아와 집에 머물렀다. 그리고 2～3년 후 북경에 가서 문정식(文廷式)·원창(袁昶)·구봉갑(丘逢甲; 1864～1912)* 등의 유명 문인들과 교류했다. 황준헌은 42세 때 주영국대사관 이등참찬(二等參贊)이 되어 영국으로 갔다. 영국에서는 산업혁명과 의회 제도를 보고 감탄했다. 일본·미국·영국에서의 근무로 그는 어떤 문인도 보지 못한 많은 새로운 사물을 보게 되면서 그의 시 창작은 새로운 전기를 맞이했다. 그는 영국에서 유명한 ≪런던의 짙은 안개(倫敦大霧行)≫와 ≪지금 사람의 이별(今別離)≫ 4수를 지었다. 전자는 짙은 안개에 휩싸인 영국의 날씨를 읊었고, 후자는 증기선·기차·전보·사진·중국과 영국의 시차를 읊었다. ≪지금 사람의 이별≫ 첫 수를 보자.

別腸轉如輪,	바퀴처럼 도는 이별의 아픔,
一刻旣萬周.	순식간에 벌써 만 바퀴네.
眼見雙輪馳,	두 바퀴 내달리는 것을 보니,
益增中心憂.	마음엔 근심이 더욱 늘어가네.
古亦有山川,	옛날에도 산과 강은 있었고,
古亦有車舟.	옛날에도 수레와 배는 있었지.
車舟載離別,	수레와 배는 이별을 실었어도,
行止猶自由.	행동거지는 그래도 자유로웠네.

---

* **구봉갑**(丘逢甲)

청나라 말기의 시인이자 교육자. 자는 선근(仙根), 호는 칩암(蟄庵)이고, 객가(客家) 사람이다. 1889년 진사에 급제하여 공부주사(工部主事)를 역임하였다. 그러나 곧 관직에서 물러나 대만과 대륙에서 교육방면에 종사하였다. 1912년 중화민국 건국 후에 손중산(孫中山) 임시정부의 광동성(廣東省) 대표로 선출되었다. 1912년 폐렴으로 사망하였다. 그의 시는 대만을 그리는 것과 시국에 대한 생각을 토로한 작품들이 많으며 현재 1,700여수가 전한다. 대표작으로는 ≪산촌즉목(山村卽目)≫·≪추회(秋懷)≫·≪기몽이수(紀夢二首)≫ 등이 있다.

今日舟與車,　지금의 배와 기차는

幷力生離愁.　힘을 더해 이별의 시름을 만드네.

明知須臾景,　헤어짐이 잠깐임을 잘 알면서도,

不許稍綢繆.　조금의 슬픔과 괴로움 허락지 않네.

鐘聲一及時,　기적소리 제때 울리면,

頃刻不少留.　한시도 지체하지 않고 떠나네.

雖有萬鈞柁,　비록 키가 몇 천근이나 나가도,

動如繞指柔.　아주 자연스럽게 움직이네.

豈無打頭風,　어찌 역풍이 없겠는가,

亦不畏石尤.　이 역시 두려워하지 않네.

送者未及返,　보내는 사람은 아직 돌아오지 않았고,

君在天盡頭.　떠난 사람은 하늘 끝에 있네.

望影倏不見,　멀리 바라보니 순간 사라지고,

烟波杳悠悠.　희미한 물결은 아득하기만 하네.

去矣一何速,　어찌 이리도 빨리 가는가,

歸定留滯不.　돌아올 날 막히지 않을 런지.

所願君歸時,　바라건대 그대 돌아올 때에는,

快乘輕氣球.　쾌속선 타고 빨리 오소서.

시는 증기선과 기차의 빠름으로 근대 사람들이 이별할 때의 슬픔을 나타 냈다. 증기선과 기차의 빠름이 이별하는 사람들의 떠나기 아쉬워하는 정감 과 대비한 것이 절묘하다. 또한 시의 증기선과 배·기적소리·쾌속정 등은 중국 시에서 쓰인 적이 없었던 새로운 소재였다. 이점은 고전시의 체제와 이별의 상용적인 묘사의 틀을 벗어나지 못한 단점에도 중국시의 소재와 표 현영역을 크게 확대한 것이었다. 황준헌의 시는 그가 해외에서 보고 들은 것에 기인한 바가 컸다.

✿ "시 세계의 콜럼버스"

황준헌은 44세 때 주싱가포르 총영사로 부임했다. 영국을 떠나 파리를 거쳐서 갈 때 쓴 ≪에펠탑을 올라서(登巴黎鐵塔)≫가 이 무렵에 지어졌다. 이 시는 웅장한 에펠탑을 위용과 에펠탑에서 바라보는 느낌을 읊었다. 황준헌은 싱가포르에서는 3년 동안 근무하면서 줄곧 병을 앓았다. 1894년 청일전쟁이 일어나자 귀국하고 이후 다시 외국으로 나가지 않았다. 그의 18년의 외국 근무는 의심할 바 없이 그의 시 창작에 새로운 안목과 길을 열어주었다. 그의 시에 나오는 에펠탑·증기선·기차·사진 등은 여태까지 중국문학에서 듣도 보도 못한 소재였다. 그는 새로운 문명의 이기(利器)로 시를 지어 중국문학의 표현영역을 한 층 더 넓혀주었다. 이는 굴원·이백·두보 같은 대시인들조차 가보지 않은 길이었다. 이를 보면 구봉갑이 ≪인경려시초발(人境廬詩草跋)≫에서 "끝없는 시의 바다에서 손으로 새로운 대륙을 개척하였으니, 이것은 시 세계의 콜럼버스이다(茫茫詩海, 手辟新洲, 此詩世界之哥倫布也)."라고 한 것은 그의 시적 성취를 잘 보여주는 말이다.

아버지의 뒷모습

背影

21

주자청(朱自淸; 1898~1948)

아버지를 뵙지 못한 지 벌써 2년이 넘었다. 내가 가장 잊을 수 없는 것은 그의 뒷모습이다. 그해 겨울, 할머니께서 돌아가셨고 아버지의 업무도 인계되어 정말이지 설상가상의 나날이었다. 나는 베이징(北京)에서 쉬저우(徐州)로 가서 아버지를 따라 집으로 돌아가 장례를 치르려고 했다. 쉬저우에서 아버지를 뵙고, 온 정원에 어지러이 널린 물건들을 보니 할머니 생각이 나서 나도 모르게 눈물이 뚝뚝 떨어졌다. 아버지께서 말씀하셨다.

"일이 이렇게 되었으니, 괴로워할 것 없어, 그래도 사람이 죽으란 법은 없는 것 같구나!"

집으로 돌아와서 팔 것은 팔고 저당 잡힐 것은 잡아 아버지는 빚을 갚으셨다. 또 돈을 빌려 장례를 치렀다. 이때 집 사정은 말이 아니었다. 할머니 장례를 치러야 했고 아버지께서는 실직상태이셨기 때문이었다. 장례가 끝나자 아버지는 난징(南京)에 일하러 가셔야 했고, 나는 베이징으로 돌아가 학업을 계속해야 했다. 그래서 우리는 동행했다.

난징에서 한 친구와 놀러 가기로 하여 하루를 머물렀다. 다음날 오전에 강을 건너 푸코우(福口)에 가서 오후에 기차를 타고 북으로 가야했다. 아버

177

지는 나에게 미리 일이 바빠 배웅하지 못한다고 말씀하셨다. 아버지는 여관에 잘 아는 한 심부름꾼에게 나와 함께 가주도록 하셨다. 아버지는 심부름꾼에게 아주 신신당부하셨다. 그러나 그는 심부름꾼이 제대로 하지 않을 것 같아 영 마음이 놓이지 않으셨는지 잠시 주저했다. 사실 그때 내 나이 이미 20살이었다. 베이징은 이미 두세 번 오간 적이 있어서 염려될 만한 것은 없었다. 아버지는 잠시 주저하시더니 결국 자신이 직접 나를 배웅해 주기로 결정하셨다. 나는 한사코 그럴 필요가 없다고 했지만 그는 "괜찮아, 그들이 가면 안 좋을 것 같아!"라고만 했다.

우리는 강을 건너 역에 왔다. 나는 표를 사고 아버지는 열심히 짐을 봤다. 짐이 너무 많아 짐꾼에게 약간의 비용을 주고서야 지나갈 수 있었다. 아버지는 열심히 그들과 가격을 흥정했다. 그때 나는 너무 잘난 나머지, 아버지가 하는 말이 그렇게 듣기 좋지 않다고 생각하여 한 마디 해야겠다고 생각했다. 그러나 아버지는 결국 가격을 정하고 나에게 기차를 타라고 했다. 아버지는 나에게 차문 쪽의 자리를 잡아주셨다. 나는 아버지께서 나에게 주신 자주색 외투를 자리에 깔았다. 아버지는 나에게 길조심하고 밤에는 주의할 것이며 감기에 걸리지 말 것을 당부했다. 또 심부름꾼에게 나를 잘 보살피라고 당부했다. 나는 속으로 아버지의 미련함을 몰래 비웃었다. 그들은 돈만 아는 사람들이라 그들에게 부탁하는 것은 정말이지 쓸데없는 짓거리였다! 더군다나 나같이 다 큰 사람이 설마 자신을 지키지 못할까? 후, 내가 지금 생각해보니 그땐 정말 너무 잘난 것 같았다! 내가 말했다.

"아버지, 이제 그만 돌아가세요!"

아버지는 차창 밖을 보더니 말했다.

"귤 좀 사러 갔다 오마, 너는 여기에 있어, 움직이지 말고"

나는 저쪽 플랫폼의 울타리 밖에서 물건을 파는 몇 사람이 손님을 기다리고 있는 것을 보았다. 그쪽 플랫폼으로 가려면 철길을 지나야 하고, 뛰어 내린 다음 또 기어 올라가야 했다. 몸이 뚱뚱한 아버지로서는 여간 힘든 일이 아니었다. 원래 내가 가려고 했으나 아버지가 그렇게 하지 않는 바람에 직접 가시게 할 수밖에 없었다. 나는 작은 검은 천 모자를 쓰시고  검은 천 마고자와 짙은 남색 천 두루마기를 입으신 아버지가 휘청거리며 철로 변을 걸으면서 천천히 몸을 내미는 모습을 보니 아직까지는 그리 힘들지 않은 듯했다. 그러나 아버지가 철로를 지나 그쪽 플랫폼을 오르려고 할 때는 쉽지 않았다. 아버지는 두 손으로 위쪽을 기어오르면서 두 발은 위로 오므렸다. 아버지의 뚱뚱한 몸이 왼쪽으로 살짝 기울어졌는데 힘겨워하시는 모습이 역력했다. 이때 나는 아버지의 뒷모습을 보고 눈물이 흘렀다. 나는 아버지나 다른 사람들이 볼까봐 얼른 눈물을 닦았다. 내가 다시 밖을 봤을 때 아버지는 이미 주황색의 귤을 싸들고 돌아오고 계셨다. 철도를 건널 때 아버지는 먼저 귤을 바닥에 흩뜨려 놓은 다음 천천히 기어 내려와서는 다시 귤을 안고 가셨다. 이쪽에 왔을 때, 나는 얼른 그를 부축했다. 아버지와 나는 차에 와서 귤을 몽땅 나의 가죽 외투에 놓았다. 그때서야 옷의 진흙을 툭툭 터셨는데 마음이 한결 가벼워지신 것 같았다. 조금 후 아버지는 말씀하셨다.

"가야겠어, 도착하면 편지해!"

나는 아버지가 나가시는 것을 바라보았다. 아버지는 몇 걸음 가시더니 고개를 돌려 나를 보며 말했다.

"들어가, 안에 사람이 없어."

그의 뒷모습이 오가는 사람들 속에 파묻히고 더 이상 보이지 않자 나는

179

들어와 앉았다. 눈물이 또 흘렀다.

몇 년 동안, 아버지와 나는 이리저리 바쁘게 쫓아다녔다. 집 사정은 나날이 못했다. 아버지는 어려서부터 외지에서 생계를 도모하시고 혼자의 힘으로 버티시면서 많은 큰일을 하셨는데, 노년에 이렇게 참담해지실 줄이랴! 아버지는 집 사정을 보고 무척이나 마음 아파해하셨으니 자신의 감정을 당연히 다스릴 수 없으셨다. 마음이 울적하니 자연히 밖으로 표출해야했다. 집안의 사소한 일도 왕왕 그의 분노를 야기했다. 아버지가 나를 대하는 것도 옛날과 점점 달랐다. 그러나 최근 2년 동안 만나지 못해서 아버지는 결국 내가 잘못한 것들을 잊으셨고 나와 나의 아들만 늘 생각하셨다. 내가 베이징에 온 후에 아버지는 나에게 편지 한 통을 보내왔다. 편지에서 이렇게 말했다.

"나는 잘 있다. 어깨가 좀 아프구나. 젓가락을 들거나 붓을 잡기에 불편하단다. 아마 죽을 날이 멀지 않은 것이겠지."

나는 여기까지 읽고 반짝반짝 빛나는 눈물에서 또 그 뚱뚱하고 푸른 천 두루마기와 검은 천 마고자를 입은 뒷모습을 보았다. 아, 아버지를 언제 다시 만날 수 있을까!

❖ ≪배영(背影)≫

　我與父親不相見已二年余了，我最不能忘記的是他的背影. 那年冬天，祖母死了，父親的差使也交卸了，正是禍不單行的日子，我從北京到徐州，打算跟着父親奔喪回家. 到徐州見着父親，看見滿院狼藉的東西，又想起祖母，不禁簌簌地流下眼泪. 父親說："事已如此，不必難過，好在天無絶人之路！"

　回家變賣典質，父親還了虧空; 又借錢辦了喪事. 這些日子，家中光景很是慘澹，一半爲了喪事，一半爲了父親賦閑. 喪事完畢，父親要到南京謀事，我也要回北京念書，我們便同行.

　到南京時，有朋友約去遊逛，勾留了一日; 第二日上午便須渡江到浦口，下午上車北去.

父親因爲事忙, 本已說定不送我, 叫旅館里一个熟識的茶房陪我同去. 他再三囑咐茶房, 甚是仔細. 但他終于不放心, 怕茶房不妥帖, 頗躊躇了一會. 其實我那年眞已二十歲, 北京已來往過兩三次, 是沒有甚么要緊的了. 他躊躇了一會, 終于決定還是自己送我去. 我兩三回勸他不必去; 他只說: "不要緊, 他們去不好!"

我們過了江, 進了車站. 我買票, 他忙着照看行李. 行李太多了, 得向脚夫行些小費, 才可過去. 他便又忙着和他們講价錢. 我那時眞是聰明過分, 總覺他說話不大漂亮, 非自己挿嘴不可. 但他終于講定了价錢; 就送我上車. 他給我揀定了靠車門的一張椅子; 我將他給我做的紫毛大衣鋪好坐位. 他囑我路上小心, 夜里要警醒些, 不要受凉. 又囑托茶房好好照應我. 我心里暗笑他的迂; 他們只認得錢, 托他們直是白托! 而且我這樣大年紀的人, 難道還不能料理自己么? 唉, 我現在想想, 那時眞是太聰明了!

我說道, "爸爸, 你走吧." 他望車外看了看, 說: "我買幾個橘子去. 你就在此地, 不要走動." 我看那邊月臺的柵欄外有幾個賣東西的等着顧客. 走到那邊月臺, 須穿過鐵道, 須跳下去又爬上去. 父親是一個胖子, 走過去自然要費些事. 我本來要去的. 他不肯, 只好讓他去. 我看見他戴着黑布小帽, 穿着黑布大馬掛, 深青布棉袍, 蹒跚地走到鐵道邊, 慢慢探身下去, 尚不大難. 可是他穿過鐵道, 要爬上那邊月臺, 就不容易了. 他用兩手攀着上面, 兩脚再向上縮; 他肥胖的身子向左微傾, 顯出努力的樣子. 這時我看見他的背影, 我的淚很快地流下來了. 我赶緊拭乾了淚, 怕他看見, 也怕別人看見. 我再向外看時, 他已抱了朱紅的橘子望回走了. 過鐵道時, 他先將橘子散放在地上, 自己慢慢爬下, 再抱起橘子走. 到這邊時, 我赶緊去攙他. 他和我走到車上, 將橘子一股腦儿放在我的皮大衣上. 于是扑扑衣上的泥土, 心里很輕松似的, 過一會說: "我走了; 到那邊來信!" 我望着他走出去. 他走了几步, 回過頭看見我, 說: "進去吧, 里邊沒人." 等他的背影混入來來往往的人里, 再找不着了, 我便進來坐下, 我的眼淚又來了.

近幾年來, 父親和我都是東奔西走, 家中光景是一日不如一日. 他少年出外謀生, 獨力支持, 做了許多大事. 哪知老境却如此頹唐! 他觸目傷懷, 自然情不能已. 情鬱於中, 自然要發之於外; 家庭瑣屑便往往觸他之怒. 他待我漸漸不同往日. 但最近兩年的不見, 他終于忘却我的不好, 只是惦記着我, 惦記着我的儿子. 我北來後, 他寫了一信給我, 信中說道: "我身

181

体平安，惟膀子疼痛利害，擧箸提筆，諸多不便，大約大去之期不遠矣." 我讀到此處，在晶瑩的淚光中，又看見那肥胖的，青布棉袍，黑布馬掛的背影. 唉! 我不知何時再能與他相見!

🌸 중국 현대 산문의 거장 주자청(朱自淸 ; 1898~1948)

　　이번에 소개하는 작품은 중국 현대문학사의 거장 주자청의 ≪아버지의 뒷모습(背影)≫이다. 중국 현대문학하면 노신의 ≪아Q정전(阿Q正傳)≫을 떠올리는 사람이 많을 것이다. 사실 중국 현대문학에는 노신뿐만 아니라 많은 뛰어난 작가와 작품들이 나왔다. 그중 산문에서는 주자청이 단연 발군의 인물이다.

　　주자청은 강소성(江蘇省) 동해현(東海縣)에 태어났으나 조부와 부친이 모두 양주(揚州)에 거주하여 스스로 양주인(揚州人)이라고 하였다. 본명은 자화(自華)인데 1916년(18세)에 북경대학교 철학과에 입학한 후 가난하지만 뜻을 잃지 않겠다며 자청(自淸)으로 개명했다. 1920년(22세)에 북경대학교를 졸업하고 강소성의 한 중학교에서 교편을 잡으며 신시를 짓기 시작했다. 1924년에는 시문집 ≪종적(踪迹)≫을 발표하여 당시 시단에 주목을 받았다. 1925년(27세)에 청화대학교에 부임한 후로는 산문 창작에 주력하여 산문가로 명성을 떨쳤다. 1931년 유럽을 여행하면서 ≪구유잡기(歐遊雜記)≫ 등 2편의 기행문집

주자청(朱子淸)의 모습

　　중국 현대의 저명한 산문가이자 학자. 자는 패현(佩弦), 호는 추실(秋實)이고, 강소성(江蘇省) 양주(揚州) 사람이다. 문학연구회(文學研究會)의 초창기 멤버로 활동하였다. 1925년 청화대학교 교수로 부임한 후 산문으로 명성을 떨쳤다. 그의 산문은 감정이 진실하고 언어가 평이하다는 평가를 받는다. 대표작으로는 ≪아버지의 뒷모습(背影)≫·≪하당월색(荷塘月色)≫·≪총총(匆匆)≫ 등이 있다.

을 발표했고, 그 후로는 주로 문학비평과 학술연구에 전념했다. 1948년 지병인 위장병이 악화되었으나 생활고로 치료를 제때 받지 못해 세상을 떠났다. 그의 산문은 감정이 진실하고 언어가 소박하며 묘사가 정교하고 아름다워 마치 화가가 그림을 그리는 것 같다는 평가를 받는다. 대표작으로는 ≪아버지의 뒷모습≫·≪하당월색(荷塘月色)≫·≪총총(匆匆)≫ 등이 있다. 이중 ≪아버지의 뒷모습≫은 중국 산문의 대표작으로 손꼽힌다. 중국의 산문을 논하면서 주자청을 논하지 않을 수 없고, 주자청의 산문을 논하면서 ≪배영≫을 논하지 않을 수 없다고 할 정도로 주자청의 ≪배영≫은 중국 산문에서 중요한 자리를 차지한다.

🌸 아버지의 뒷모습

작품 속의 일은 1917년 작가가 조모 상을 당했을 때 일어났지만 이 작품은 1925년에 지어졌다. 작가가 1925년에 당시의 일을 회상하며 지은 작품이라고 할 수 있다. 작품은 부자지간의 정을 1500자 남짓한 글로 애틋하고 잔잔하게 표현하고 있다. 아버지가 육중한 몸으로 힘겹게 플랫폼을 기어 올라가는 짧은 순간의 뒷모습을 통해 느낀 부자간의 애틋한 감정이 잘 나타나있다. 또한 힘겹게 귤을 사 갖고 오시는 아버지에게서 아들을 혼자 떠나보내며, 뭔가 아들에게 해주고 싶은 부모의 심정이 잘 나타나 있다. 이처럼 작가는 생활의 사소한 부분을 사실적으로 묘사하여 아버지가 온 마음을 다해 아들을 사랑하는 지극한 정과 작가가 고달픈 생활 속에서 느끼는 아버지에 대한 감사의 정이 마치 잘 짜인 구조 속에 몇 개의 짧은 장면이 긴밀하게 연결되어 영화처럼 선명한 이미지로 떠오른다. 작가는 아버지의 편지를 읽고, 작가의 아버지가 작가에게 잘해 준 점, 특히 배경에서 서술한 부분이 눈앞의 일처럼 생생하게 생각나 격양된 감정으로 이 글을 썼다고 한다. 이 작품은 시적인 언어와 절제된 감성으로 섬세하고 정감 있게 인간 삶의 여러 측면들을 포착해낸 중국 현대 산문의 백미라고 할 수 있다. 이 작품이 한때 국내 교과서에서도 실렸고, 중국어 교재에도 실려 있는걸 보면 이데올로기나 민족을 막론하고 인간의 감동에는 별 차이가 없는 것 같다. 시간과 공간을 달리하는 작품이지만, 우리는 정서적 공감(共感)으로 인해 가슴이 따뜻해져 옴을 느낄 수가 있다. 아울러 배영(背影), 즉 뒷모습은 사랑을 상징하는 것으로 우리로 하여금 아버지를 다시금 생각해보지 않을 수 없게 한다. 독자로 하여금 자신과 부모님의 관계를 떠올리며 반성해 볼 수 있는 계기를 마련해 주는 것이 바로 이 작품이 지닌 미덕이 아닐까?

❀ 이광전(李廣田 ; 1906~1968)의 평어

주자청과 같은 시기에 활동한 이광전은 ≪가장 완전한 인격(最完整的人格)≫에서 이 작품의 의의를 이렇게 설명했다.

> ≪아버지의 뒷모습≫은 50줄이 안 되고 글자 수도 1500자가 되지 않는다. 그럼에도 이렇게 오랫동안 전해지고 크게 사람들을 감동시킬 수 있었던 힘은 당연히 무슨 뛰어난 구조와 화려한 문자 때문이 아니라 문장이 진지하고 문장에서 전달하는 진실한 감정 때문이다. 겉으로는 간단하고 평이하나 실질적으로 아주 큰 감동을 주는 문장이 주 선생의 대표작이라고 할 수 있다. 왜냐하면 이런 작품은 바로 작가의 사람 됨됨이를 가장 잘 보여주기 때문이다(≪背影≫論行數不滿五十行, 論字數不過千五百言, 它之所以能夠歷久傳誦而有感人至深的力量者, 當然并不是憑藉了甚麼宏偉的結構和華瞻的文字, 而只是憑了它的老實, 憑了其中所表達的眞情. 這種表面上看起來簡單朴素, 而實際上却能發生極大的感動力的文章, 最可以作爲朱先生的代表作品, 因爲這樣的品, 也正好代表了作者之爲人).

비 내리는 골목
雨巷
22

대망서(戴望舒; 1905~1950)

지우산을 받쳐 들고, 홀로

길고 긴,

비 내리는 골목을 조용히 거닐며,

라일락처럼

슬픔에 잠긴 아가씨를

만나고 싶었다.

그녀는

라일락 같은 빛깔로,

라일락 같은 향기로,

라일락같이 슬프게,

빗속을 서럽게,

서럽게 거닐겠지.

그녀는 조용히 비 내리는 이 골목길에서,

지우산을 받쳐들고,

나처럼,

나처럼

말없이 거닐겠지,

무심히, 처량하게, 또 슬프게.

그녀는 말없이 다가와,

다가와, 한숨 같은

눈길을 던지고,

꿈처럼

꿈처럼 아득하고 애잔하게

지나가리.

꿈속에서 스친

라일락 꽃가지처럼,

내 곁으로 이 여인이 스쳐가네.

그녀는 조용히 멀어져, 멀어져가네.

허물어진 울타리에 이르면,

비 내리는 이 골목 끝이 나는데.

서러운 빗줄기 속으로,

그녀의 빛깔이 사라지네,

그녀의 향기가 흩어지네,

사라져 흩어지네, 한숨 같은

그녀의 눈빛조차,
라일락 같은 슬픔조차.

지우산을 받쳐 들고, 홀로
길고 긴,
비 내리는 골목을 조용히 거닐며,
라일락처럼
슬픔에 잠긴 아가씨와
스치고 싶었다.

❖ ≪우항(雨巷)≫

撑着油紙傘, 獨自
彷徨在悠長, 悠長
又寂寥的雨巷,
我希望逢着
一個丁香一樣地
結着愁怨的姑娘.

她是有
丁香一樣的顔色,
丁香一樣的芬芳,
丁香一樣的憂愁,
在雨中哀怨,
哀怨又彷徨;

她彷徨在這寂寥的雨巷,

撑着油紙傘

像我一樣,

像我一樣地

默默彳亍着,

冷漠, 凄清, 又惆悵.

她靜默地走近

走近, 又投出

太息一般的眼光,

她飄過

像夢一般地,

像夢一般的凄婉迷茫.

像夢中飄過

一枝丁香地,

我身旁飄過這女郎;

她靜默地遠了, 遠了,

到了頹圮的籬墙,

走盡這雨巷.

在雨的哀曲里,

消了她的顔色,

散了她的芬芳,

消散了, 甚至她的

太息般的眼光,

丁香般的惆悵.

撐着油紙傘, 獨自
彷徨在悠長, 悠長
又寂寥的雨巷
我希望飄過
一個丁香一樣地
結着愁怨的姑娘.   .

🌸 중국 현대 상징주의 시의 대표작

중국 현대시에서도 상징수법을 사용해 새로운 시를 탄생시킨 예가 있다. 고전 시가와 차이점이라면 시를 전통 시의 창작기법으로 지은 것이 아닌 서구의 상징주의 시를 받아 들여 지었다는 점이다. 상징주의(象徵主義) 시란 19세기 말 프랑스 시단에서 일어난 비유와 암시 등의 상징수법으로 내심의 진솔한 감정을 담아낸 일군의 시인들이 쓴 작품을 말한다. 프랑스의 상징주의 시는 1919년 "오사운동(五四運動)"을 전후로 중국에 전래되었고, 이를 이용해 가장 먼저 시를 쓴 사람이 이금발(李金髮; 1900~1976)이었다. 상징주의 시는 당시 암울한 중국의 시대상황과 맞물려 문단에서 크게 유행했다. 이 상징주의 시의 영향을 받은 작품 중에 가장 유명한 작품이 바로 대망서의 ≪비 내리는 골목≫이다. 이 작품은 시 전체가 강렬한 상징적인 시어들로 가득 차 있어 고전 시가에는 볼 수 없는 새로운 의경을 보여준다.

189

✿ ≪비 내리는 골목≫이 보여주는 상징성

시는 총 7단락으로 골목길에서 방황하는 한 여인의 형상을 통해 작가의 실망과 방황의 정서를 노래했다. 첫 단락은 비 오는 골목길을 서성이며 시름과 근심이 맺힌 "아가씨(姑娘)"를 만나길 바라는 "나(我)"를 그렸다. "혼자"·"서성거림"·"길고 김"·"적막함"·"비 내리는 골목길" 같은 시어들은 하나같이 비통하고 처량한 정서를 보여준다. 이는 작가의 비통한 정서 내지 암울한 시대상을 상징한다. "시름과 근심이 맺힌 아가씨"는 "나"의 고민 내지 암울한 시대상을 고민하는 사람을 의미한다. 따라서 첫 단락은 분위기상 암울한 상황에 있는 "내"가 함께 고민할 "아가씨"를 생각함을 나타낸다. 둘째 단락은 그 "아가씨"가 어떤 사람인지를 구체적으로 말한다. 그녀는 라일락과 같은 색깔·향기·근심을 갖고 있다. 이는 그녀의 아름다움·순결함과 고귀한 자태를 보여준다. 한편으로 이는 "내"가 미래에 바라는 새로운 희망을 상징하기도 한다. 셋째 단락은 새로운 희망을 가져다 줄 "아가씨"도 "나"처럼 골목길을 서성이며 근심에 빠져있음을 묘사하고 있다. 이는 암울한 시대에 대한 고민을 보여준다. 넷째 단락은 "아가씨"가 "나"에게 다가와 탄식하며 지나쳐가는 모습을 읊고 있다. 이는 새로운 희망이 사라져가고 있음을 보여준다. 다섯째 단락에서는 "아가씨"가 무너진 담장가로 사라지는 모습을 묘사했다. 무너진 담장 가는 절망을 상징한다. 여섯째 단락은 빗속에서 그녀의 아름다운 모든 것이 사라졌음을 묘사했다. 여기서 사라짐은 희망이 철저하게 사라졌음을 의미한다. 일곱째 단락에서는 그 절망 속에서도 계속 새로운 희망을 추구하는 "나"를 그렸다. "아가씨"는 사라졌지만 그래도 "나"는 계속 희망을 추구할 것임을 보여준다. 시는 다양한 상징적인 시어로 희망의 추구에서 절망에 이르고 다시 새로운 희망의 추구로 나아가는 작가의 마음을 보여준다.

✿ 《비 내리는 골목》의 문학적 의의

이 작품이 더욱 의미가 있는 것은 서구의 상징
주의 문예이론을 사용하면서 중국 고전 시가의 특
징을 접목했다는 점이다. 가장 두드러지는 예가 시
름을 나타내는 "라일락"의 이미지이다. 중국 고전
시가에서 라일락의 이미지는 시름이나 근심을 상
징하는 꽃으로 자주 사용되었다. 예를 들어 남당의
중주(中主) 이경(李璟; 916~961)의 사 《완계사(浣溪沙)
》에는 "라일락은 봉우리 맺어 빗속에 시름겹구나
(丁香空結雨中愁)."라는 구절이 있는데, 전통 문인들은
라일락의 꽃망울이 여러 겹이 겹쳐져 있는 것에 착
안하여 근심이 쌓인 것으로 보았다. 대망서도 이
작품에서 라일락의 이런 전통적인 이미지를 그대
로 시에 적용했다. 또 하나는 고전 시가가 갖는 뛰
어난 음률미를 접목했다는 점이다. 우선 제1단락과
제2단락을 보면 "봉착(逢着)"이 "표과(飄過)"로 바뀐
것을 제외하면 다른 구절은 모두 같다. 수미가 일
치하는 것은 이 시의 리듬감을 강화시켜주고 작품

대망서(戴望舒)

중국의 시인. 절강성(浙江
省) 항주(杭州) 출생으로 어
렸을 때 상하이대학(上海大
學)과 푸단대학(復旦大學)에
서 공부하였다. 《비 내리는
골목(雨巷)》으로 이름이 알
려져 "우항시인(雨巷詩人)"
으로도 불린다. 중국 현대
상징주의 시파의 대표인물
로 대표작품으로는 《나의
기억(我的記憶)》·《망서초
(望舒草)》·《망서시고(望舒
詩稿)》 등이 있다.

의 애상적인 분위기와 잘 맞아떨어진다. 또한 매 단락이 여섯 항이며, 항마다
장단이 다르고 2~3곳에 압운이 되어있다. 이 역시 전통시의 특징을 접목한
부분이다. 여기에 "우항(雨巷)"·"고낭(姑娘)"·"분방(芬芳)"·"추창(惆悵)"·"안
광(眼光)" 같은 글자들은 압운에 여러 차례 등장하여 청각적으로 낭랑한 느
낌을 선사한다. 현대문학가 섭성도(葉聖陶; 1894~1988)는 이 시를 "신시의 음
절에 신기원을 열었다(替新詩的音節開了一個新的紀元)."라고 평했을 정도였다. 이

시는 상징적인 기법으로 작가 내심의 바람과 생각을 심화시켜 표현하면서도 시가 갖는 음률미를 동시에 고려했다는 점에서 중국 현대시의 새로운 경지를 개척했다고 볼 수 있다.

✿ 참고문헌

_한국문헌

권용호 편저, ≪아름다운 중국문학≫, 역락, 2015년.

거샤오인 저, 강필임 역, ≪한위진남북조시사≫, 역락, 2012년

김민나 편저, ≪유신시선≫, 문이재, 2002년.

김장환, 엮음, ≪중국문학입문≫, 학고방, 2006년

김학주·이동향 공저, ≪중국문학사Ⅰ≫, 한국방송통신대학교출판부, 1993년.

김학주·이동향 공저, ≪중국문학사Ⅱ≫, 한국방송통신대학교출판부, 1988년.

류종목 저, ≪팔방미인 소동파≫, 신서원, 2005년.

린망 외 저, 김소현·김자은 역, ≪한밤 낮은 울음소리≫, 창비, 2013년.

안치 지음, 신하윤·이창숙 옮김, ≪영원한 대자연인 이백≫, 이끌리오, 2004년.

이동향 외, ≪중국의 명시≫, 명문당, 2005년.

이욱 저, 이기면·문성자 역, ≪이욱사집≫, 지식을 만드는 지식, 2011년.

장자 저, 권용호 역주, ≪장자내편역주≫, 역락, 20115년

제갈량 지음, 장주 엮음, 조희천 옮김, ≪와룡의 눈으로 세상을 읽다≫, 신원문화사, 2006년

조익 저, 송용준 역해, ≪구북시화≫, 서울대학교출판문화원, 2010년.

주조모 엮음, 김지현 옮김, ≪송사삼백수≫, 을유문화사, 2013년.

지세화 편저, ≪이야기 중국문학사≫(상하), 일빛, 2002년.

진기환 편역, ≪당시일화≫, 명문당, 2015년.

한성무 저, 김의정 옮김, ≪두보평전≫, 호미, 2007년

_중국문헌

姜書閣·姜逸波 選注, ≪漢魏六朝詩三百首≫, 岳麓書社, 1994年.

顧學頡·周汝昌 選注, ≪白居易詩選≫, 人民文學出版社, 1997年.

[宋] 郭茂倩 編, ≪樂府詩集≫, 中華書局, 1996年.

[明] 羅貫中 著, 沈伯俊・李燁 校注, 《三國演義》, 巴蜀書社, 1993年.

[唐] 杜甫 著, 仇兆鰲 注, 《杜詩詳註》, 中華書局, 1995年.

杜曉勤 選注, 《謝朓 庾信詩選》, 中華書局, 2011年.

文史知識編輯部 編, 《中華人物志》, 中華書局, 1985年.

葉君遠 著, 《吳偉業評傳》, 首都師範大學出版社, 1999年.

[元] 施耐庵・羅貫中 著, 《水滸傳》, 人民文學出版社, 1997年.

吳廣平 著, 《楚辭全解》, 岳麓書社, 2007年.

吳熊和 著, 《唐宋詞通論》, 浙江古籍出版部, 1998年.

呂慧鵑・盧達・劉波 主編, 《中國古代著名文學家》, 山東教育出版社, 1986年.

劉大杰 著, 《中國文學發展史》, 上海古籍出版社, 1984年.

蔡厚示 主編, 《李璟・李煜詞賞析集》, 巴蜀書社, 1996年.

曹旭 選注, 《黃遵憲詩選》, 中華書局, 2008年.

鐘尚鈞・閻笑非 主編, 《中國古代文學》, 東北師範大學出版社, 1990年.

周先愼 主編, 《蘇軾散文賞析集》, 1994년.

朱自清 著, 《古詩十九首釋》, 譯林出版社, 2015年.

蔡厚示 主編, 《李璟李煜詞賞析集》, 巴蜀書社, 1996年.

夏延章 主編, 《文天祥詩文賞析集》, 巴蜀書社, 1994年.

郝樹侯 選注, 《元好問詩選》, 人民文學出版社, 1997年.

侯健・呂智敏 評注, 《李淸照詩詞評注》, 山西人民出版社, 1996年.

194

▌권용호

중국 난징대 중문과에서 고전희곡을 전공했으며, 위웨이민 선생의 지도로 ≪송원남희곡률연구≫
로 박사학위를 받았다. 현재 한동대 객원교수로 있으면서 중국 문학과 철학 분야의 번역 및
연구에 힘을 쏟고 있다. 번역한 책으로는 ≪장자내편역주≫(역락, 2015), ≪그림으로 보는 중국
연극사≫(학고방, 2015), ≪초사≫(2015, 글항아리), ≪꿈속 저 먼 곳_남당이주사≫(역락, 2017)
등이 있고, 편저로는 ≪아름다운 중국문학≫(역락, 2015)이 있다.

아름다운 중국문학 2

초판 인쇄 2017년 4월 13일
초판 발행 2017년 4월 20일

펴낸곳 도서출판 역락
등   록 1999년 4월 19일 제303-2002-000014호
편저자 권용호
펴낸이 이대현
편   집 홍혜정
디자인 안혜진

주소 서울시 서초구 동광로 46길 6-6(문창빌딩 2F)
전화 02-3409-2058(영업부), 2060(편집부)
팩시밀리 02-3409-2059
e-mail youkrack@hanmail.net
역락 블로그 http://blog.naver.com/youkrack3888

ISBN 979-11-5686-901-6 04820
    979-11-5686-900-9 세트

이 도서의 국립중앙도서관 출판예정도서목록(CIP)은 서지정보유통지원시스템 홈페이지(http://seoji.nl.go.kr)와
국가자료공동목록시스템(http://www.nl.go.kr/kolisnet)에서 이용하실 수 있습니다(CIP제어번호: CIP2017009356)